香雪文学系列丛书

久未谋面

赵绪奎 著

长江出版传媒

崇文书局

序 言

文化黄埔：又添一抹香雪色彩

江 冰

"怒潮澎湃，党旗飞舞，这是革命的黄埔。"20世纪20年代，黄埔军校的校歌，至今在耳边回响。因为长洲岛，因为黄埔军校，黄埔给我强烈的红色文化印象。捧读了香雪文学系列丛书，我的心目中又铺开了"文化黄埔"新印象。请允许我逐个阐述——

军旅诗人赵绪奎：老兵的乡愁

赵绪奎是一位六次荣立三等功的军旅诗人。从故乡走来，经历军旅生涯，然后转业回到地方。他的诗集《久未谋面》内容可分三类：故乡回望，军旅生涯，中年感慨。

他对故乡一往情深，几乎对每一位亲人都有细致描写。比如，《好想成为小姑的儿子》里写道："只有小姑还一直坚持宠着我，她是上天派来罩着我的神。"小姑写完写大姑，大姑写完小姑父的单车，还有奶奶，笑容满面，如观音在世；继父也进入了他的诗篇。

值得赞赏的是，赵绪奎诗歌中质朴的情感，与他描述的事物（尤核蜜橘、纽荷尔橙子、雁窝菌榨的菌油、雷公屎地衣地脸皮、硬皮菜瓜、扯杆辣椒）保持着零距离。诗中情感恰似老家地里生长的果蔬。

"一个老兵心中的家，永远待在原地，老兵梦里的程序是灵魂的分解与连贯的动作。"可以看到，军旅的家在赵绪奎的人生

1

中有巨大的投影，因此他在《战地黄花》中缅怀先烈，回忆往事，期望与战友再次相遇。

中年的感慨化作《想对儿子说的话》："如果有可能，还想再挖一口塘，方便你饮水或者游泳，养鱼喂虾，与青蛙对话，那是我们当地人的口音与技能，忘了真不好见人，你最好能把它刻在骨子里。"当然，还有《旧相册里看到的灿烂星空》，给人以无尽的遐想。

我们可以看到这样一位诗人，在两个"家"的精神映照下，一直书写着他的人生，书写着他的"幸福的由来与出神的站台"。也许是因为行伍出身，赵绪奎的诗情感质朴，物象真实，语言率真。希望他能够继续从中国古典诗词中汲取营养，始终一贯地运用现代诗歌意象与修辞，写出意蕴更加深邃绵长，更令人回味的优美诗篇。

作家许锋：一只南方天空的候鸟

《享海》这本散文集收入的都是许锋近年在《人民日报》《光明日报》发表的作品。他的文字以及作品的内涵与美的表达，充分展现个人文学的功底与优势。

许锋并没有把自己的视野局限在黄埔、开发区，或者佛山。但空间又确实给予他创作的灵感和生命的体验。像候鸟一样生活，"移民""迁徙"的当下中国——许锋的空间描述颇具典型性。

首先，他是广佛同城的见证者。在《广佛候鸟》《开发区》《佛山的清晨》等文中，他纪实般地表达了作为广佛同城——城市建设进程日常见证者的观察感受。应当说，在作者个人情感的润泽下，一种非虚构的文字平添抒情般的诗意，纪实文字与抒写华章相得益彰。

其次，作者来自北方又居住在南方，南方北方，地域不同，中华之魂却息息相通。来来往往之中，故乡人事与主体精神互为参照，从而构成许锋散文最具风采的一个侧面。如《乡村外婆》《第三十七团》《黄杨河的晨》均表达了作者在南方北方往返的特殊体验。时空交替中的生命，呈现出别样的姿态与风采。

许锋散文浓郁的叙事风格，取胜于抒情中的诗意哲理。比如，《乡村外婆》《黄杨河的晨》《享海》等，就是文字精当的代表。那些避开众口一词同质化、呈现个性化的感悟，正是他作品中最珍贵的元素。

因为古往今来所有经典作品，证明了一个道理：愈是个性化的作品，愈可能传播久远。当然，前提在于你提供了非凡的描述与见解。世界因你而不同，且愈加精彩。

期望许锋在作品格局与视野上有进一步拓展，写出具有中国乃至世界襟怀的作品。

於中甫：为乡愁吹响一支竹笛

"床前明月光，疑是地上霜。举头望明月，低头思故乡。"李白的名篇《静夜思》已然深入骨髓，成为中国人的文化基因。於中甫的散文集《故乡的润泽》就是与李白同一主题的乡愁书写。

开宗明义，於中甫将自己安徽老家摆在读者面前，读他的《故乡的田园》时，刚开始担心缺少重点——深挖一口井。但随之发现，他对故乡的描述相当细致全面：祖母、黄鳝、桑葚、桃花、西瓜、油菜花、捉鱼、粽子……几乎所有的原生态元素一应俱全。乡愁故乡，童年记忆，挥之不去；中年回望，五味杂陈，感慨万千，成为散文中最可贵最耐读也最具有艺术气质的部分。

值得一说的，还有写岭南等地的篇目。青年入粤，中年回望，其实已分出第一、第二、第三故乡，吾心安处是吾乡，足下土地已然是温馨的家园。回望童年之后，中年奋战疆土，亦值得书写。

但如何写得刻骨铭心、荡气回肠，可与故乡祖籍文字一较高下，又是对新客家人写作者的一个考验。

於中甫显然做出了努力。细读《韩愈的阳山》《汕之尾兮》《哦，萝岗香雪》，真挚的情感已将人生轨迹从故乡延伸到岭南，中年历尽沧桑后的思绪更加开阔与深刻。蹚过河流浅滩，目光投向河床深处，探寻源头去向。

21世纪中国，随着城市化推进，记住乡愁，水到渠成地成为一种召唤，成为文学艺术创作的原动力之一。书写乡愁的作品，如何推陈出新，独树一帜，独具匠心？我以为至少有以下几个有效路径：题材新奇，比如李娟、刘亮程的新疆散文；意蕴开掘，比如梁鸿的《中国在梁庄》；艺术手法翻新，比如周晓枫的《有如候鸟》……或可是当下作家们互鉴和不懈探求的。

"雄关漫道真如铁，而今迈步从头越。"说回於中甫的创作，寄望他如以上所说的名家一样，求深求新求变，让创作再上一个新境界。

孙仁芳：文青襟怀，拾花入梦，芬芳自在

孙仁芳的散文集《拾花入梦》有花的芬芳，梦的亦真亦幻。显而易见，这位女作家的文青情怀、细腻情感，化作香雪、青花、荷花、使君子的花瓣，纷纷扬扬，形成自己独有的心理氛围：诗歌般的句子，呈现摇曳多姿之态。

孙仁芳散文以抒情取胜，但总体上仍以叙事散文为主，其中抒情应占多少比例，值得谨慎把握。恰到好处地抒情，可以提升哲理，赋予诗意。若比例过半则有可能导致空泛乃至矫情。同时，散文抒情还需要叙事去铺垫，铺垫愈充分愈厚实，抒情就愈可能达到最佳艺术效果。

作家作为文字的巧匠，还需要将每一个字词稳妥安放：各得

其所，各显光彩，不必牵强，不必过度；寻找字词的合适位置，或许是每一位文字人终身所求的功课。白居易名篇《琵琶行》，值得仔细揣摩品味，其叙事与抒情就有成功的过渡。

这，或许也是修辞的本意。

《父亲》一文，情感真挚，细节丰盈，于多侧面及一些日常细节，写活了闽南一带的父亲形象。通篇读来亲切细腻，文字干净朴实，意境淡雅，作者寄寓之心跃然纸上。《萝岗梅香》《莲塘人家》《弄香》等篇，均有不俗的文字营造，若将文章内涵提升，耐人回味的艺术效果会更好。

除了文字构筑的美丽意境之外，读者还需要汲取作家本人独到的生命体验，以及对外部世界与内心互动之间的独到发现。庸常平凡的日常生活，应当成为艺术提升的基础与跳板。

作者来自闽南，并以新客家人身份融入岭南，因文化差异而获得一份独特的文化体验。远离家乡，会使作家获得两种感受：回望家园，咀嚼童年；寻找新家，吾心安处是吾乡。

这，已然成为孙仁芳散文中最为华彩的片段，亦最具审美价值。若以此进一步深入开掘，将成为她下一步创作的生长点。20世纪80年代以来，移民迁徙已成常态，此文学主题还有很大的作为空间。

学无止境，期望于作者。

吴艳君：湘西歌手，一半唱给都市，一半留在故乡

吴艳君《爱有声音》，大半篇幅为诗歌，小半篇幅为散文。她的诗歌，让人想到山间清风、溪水叮咚。清新，质朴，诚恳，诗句少有象征隐喻，几乎一色民谣般简单、清朗。

《阿妈的演奏》，诗人观察的是阿妈的手——在一行行青葱中穿梭，在一朵朵菜花中翩然。她的想象是在钢琴演奏中，将郎朗比喻成邻家的小孩，用郎朗的手和母亲的手互为观照。对亲爱的外婆，则是"带走了记忆里爆米花的全部香甜"。

她的作品就像"太阳提着月饼，接月亮去了""我散步的时候，只有自己的影子"——故乡在她的心中占有很大的位置，甚至远远超过城市。她也写到爱情，写到少女的情怀，但这些都抵不过她在城乡间的浓重乡愁。比如《今夜，请你陪我跳摆手舞》，此摆手舞，就是湘西土家族的舞蹈。

吴艳君的诗文活画出一位湘西土家族少女，进入广州大都市后，那种都市与乡间往返激荡的情愫。她对城市的认识，从秋葵开始，但乡村却一直拽着她的心："一旦背起行囊，故乡就只有冬季""小背篓，晃悠悠，笑声中妈妈把我背下了吊脚楼"——如此熟悉的旋律，总在字里行间回荡。

假如用现代诗歌的意象、隐喻、象征等艺术手法与标准要求吴艳君，似乎对这位来自湘西土家族的女诗人不太公平，因为，我们可以联想到"城市民谣"的出处与蔓延。

作为城市人笔下的新民谣，保留了质朴清新纯美的传统民谣气质、风格与修辞手法，或许也是当下几代人的乡愁情结的自然流露。恰好传达了如今大批进入城市的人们——漂泊者的身份与尖锐感受：怀念童年与故乡，构成一种挥之不去的理想与情愫，并试图回归简单淳朴的浪漫情怀。

需要特别强调的是，"一闪一闪亮晶晶""月亮走，我也走"——所谓"城市民谣"并非简单的口水歌，亦非直抒胸臆的大白话，而是能够承继传统，延续文脉的"新民谣"。汉语的丰富与价值——其中的内涵与精神——需要在新民谣中探索与坚持。传统民谣仅仅是基础，城市诗人需重构并有所提升。

内心草木丰沛，笔底方可海阔天空；唯有生命体验深刻而独到，方有真正不俗且上乘的文字。古人言"功夫在诗外"；今人说"过于专业的文学生活，一不留神就会画地为牢"。古今高论，值得回味。

千古文章事，得失寸心知。豁达、清醒、热爱、坚定，且终身修炼提升的写作，如琢如磨。愿与诸位文友共勉。

行笔到此，衷心祝愿上述五位广州黄埔诗人作家，立足大湾区写作富矿，从文学语言、文化修养、生命体验等各个方面开拓精进，不断升华，为黄埔文化的出新出彩书写时代的动人华章。

是为序。

2021 年 8 月于广州琶洲

（作者为广州岭南文化研究会会长、文艺评论家、中国作家协会会员、广东财经大学教授）

一丛高耸挺立的剑麻

——品读军旅诗人赵绪奎诗歌有感

王国省

　　论年龄，绪奎老师是兄长；论文学资历，是我的前辈；当他1986年赴广西某部任师团宣传干事、创办剑麻诗社并任主编时，我还是个懵懂少年郎，文学梦尚未萌芽；加上这些年受创作体裁局限，我大都选择侍弄几篇冒着土腥子味的散文，对诗歌则是远远地膜拜，认为它才是缪斯的花冠、文曲星的神来之笔。基于此，我对诗和诗人，始终都怀着毕恭毕敬的态度。所以无论从以上哪一方面讲，让我给是兄长亦是老师的前辈写序，一直是忐忑的。

　　绪奎老师倒是一直鼓励我："阿国，写点吧，权当一份留念。"他还把样书邮寄给了我。说句真心话，单看《久未谋面》这个书名，就触动了我。于是在渐凉的秋意中，我先睹为快老师的诗，也很欣喜看到绝大部分是近两年的新作。

　　我读诗有个习惯，对晦涩难懂的，大都束之高阁。然而对绪奎老师的诗，我是愿意赏读的，一个很简单的原因就是能读懂。读时可以和文字同悲喜，时而泪下，时而会意，时而深思，时而捧腹。大道至简，能熏陶灵魂引起共鸣的诗歌，我窃以为都是滋养灵魂不可或缺的营养。

　　品读赵老师诗集，每每读到契合处，脑海总是浮现十年来我和诗人共处的点点滴滴。

　　初见绪奎老师，感觉诗人长得就像他这样的：气质外溢，干练如一支精致的狼毫；说话铿锵有力，举手投足间，挥洒着军人的豪气和干脆；他身材并不伟岸，往往在和别人谈话中嘿嘿几声，传递出真挚的善意；当我得知眼前这位军阶至上校、曾任韶关市军分区浈江区人武部政委的领导是剑麻诗社的创始人时，还特意去百度了解了一下剑麻为何物。诗人绪奎一如一丛剑麻，傲然挺拔，谦卑低调，长年开着宁折不弯的品德之花，馨香着身边有缘人。

那时我在原萝岗区作家协会任副主席，绪奎老师是分管作协的领导，我们尊称他为赵处；萝岗黄埔合并为新黄埔区后，作协即将改选，赵老师致电给我，直截了当地问我有没精力和时间负责首届作协的筹备工作。那时我尚在商海浮沉，的确有些犹豫。绪奎老师语重心长地对我说："经商固然是你的生存需要，但文学也是精神需求。"他期待我能成为首届作协主席的人选之一，来参与组建协会。经过他和一些领导举荐，文联的庄汉山主席后来找到我谈话，经过考察，我得以全力筹备作协队伍。

2016 年的春天，我很荣幸当选为新黄埔区首届作协主席。从那以后和赵老师经常因为组织活动而相聚黄埔，更有幸聆听他谈论自己诗文。回头想想，当初如果没有赵老师的勉励鞭策，我可能早已离开文学圈子无限远了。

每次去拜访绪奎老师，他都会热情款待，端茶倒水，相谈良久。让很多文友记忆犹新的是，每每见面，他都会把大家发表在《萝岗文苑》《黄埔文苑》《创业导报》《黄埔新时代》《湾区时报》等一些区内报纸杂志上的豆腐块文章收集在一个大信封中，整整齐齐折好，郑重其事地交给作者；再后来，有些新会员脱颖而出，在《羊城晚报》《诗刊》等一些报纸杂志发表文字，赵老师也是第一时间恭贺勉励，然后择时把报纸样刊给到本人。对于一个敬畏文字的作者来说，看到自己荡漾着油墨香的名字和作品，无疑是一份心仪的礼物。这个温暖的习惯赵老师保持了十年，他的军旅诗人风范、及温文尔雅的风格现在仍在延续。

早些年就读过赵绪奎老师的诗作《城市花开》《雄性部落》《焰火在身边追着开》《在我最优秀的时候遇见你》等诗集。也许是深谙写诗之道，赵老师给诗集、诗歌赋的名字，都让人眼前一亮。有不少文友当初就是冲着这一串雅致清爽的书名才走进绪奎老师的诗歌王国，慢慢醉心其中成为其粉丝的。

眼下的这本诗集，虽然没有之前的那些厚重，但是容纳了诗人迈入天命之年后的沉淀思考，延续了诗人在绿色军营像剑麻般蓬勃生长的家国情怀，且把这份如乳欲滴的情感融入具有浓郁时代气息的诗歌中去。唯有诗歌能让绪奎老师沉静下来，诗人站在他梦想出发的地方，在雪花般漫天飘舞的灵感中，用诗歌当作钥匙，打开岁月幽香的檀木箱，把浩茫心事捧给燃烧的灵感，让读者跟随他一道走向心灵的隐秘之处。

诗集共分四个章节：《热土新泥》《故乡情深》《战地黄花》《往事如烟》。

《热土新泥》章节更多的是描述诗人的黄埔情怀，从歌颂日新月异"用三十五年时间证明自己"的广州开发区，到讴歌黄埔驻阳山精准扶贫的 38 名驻村党员干部，从以白描的手法讲述千年往事的中心知识城的莲塘等美丽乡村，到约会香雪，约会大吉沙，约会萝岗橙，约会萝岗荔枝，约会黄埔港，约会南昆山……诗人心灵手巧，灵感是金线，才气是绣花针，一针一线织就诗歌的霓裳、生活的壮锦，令读者赏心悦目。曾做过部队军医的诗人，在本章节压轴之处，悉心点赞抗疫的白衣战士，对他们的执甲逆行无私奉献表达由衷的敬意。诗人就这样用他一支洋洋洒洒的画笔，挥墨泼毫，让黄埔的景事在字里行间一件件、一处处鲜活起来。

也许是和绪奎老师同赴阳山的原因，此篇章中，《阳山，我心爱的阳山》这组诗我尤喜爱，更偏爱其中一首《我是一只带编制的家禽——写给下发至困难户的家禽》：一只只家禽从本来俗套的动物中跳出来，只只变得清新脱俗、意蕴深长。——扶贫干部赋予了它簇新的时代内涵，不再只是"生命自然的轮回"，而变成消除贫困的"珍禽异兽",诗人用天才的想象力把它们比喻成"当年的解放军""人民子弟兵""光荣伟大的村民"等,这些"家禽"华丽转身成为助推乡村振兴、无坚不摧的现实力量。在一篇篇略显俏皮但诗韵迭出的字里行间,我们仿佛看到了诗人那颗"党派来的"、与时代同呼吸共命运的红亮的心。

诗人北岛在《波兰来客》中写道:那时我们有梦,关于文学,关于爱情,关于穿越世界的旅行。如今我们深夜饮酒,杯子碰到一起,都是梦破碎的声音。诗人的第二篇章,"破碎"的"乡愁"依然是绕不过去的话题,尤其是对母爱的回望和怀想,令人动容:《那只羊》看似写羊,其实是写人,写母爱的伟大和无私;《橘子花开》中,用"漫山遍野青青的橘子"喻为"儿女的心"来跪娘亲,意象触人心弦;《与妈妈书》《一个军人的母亲》《外婆的老屋场》等诗歌文字无一例外都有橘子等山村的果子元素,这些经年的果香凝结成馥郁的乡愁,荡漾在诗人念念不忘的记忆中。时光荏苒,但玻璃清透,橘子辉煌。绪奎老师善于从生活中捕捉到突然的禅悟,一次次校对自己的乡愁方向,他纠结于自由自律的距离,以诗歌来对抗岁月,即使茫茫乡愁也不忘点亮希望的串串心灯。

在此篇章中,诗人也在诗歌的乡场怀恋久未谋面的亲友,越老越慈祥的大姑、宠怜自己的小姑、骑单车送诗人登上改变命运舞台的小姑父、叔叔奶奶、陆家峪村民脸谱,还有耳熟能详却名字渐渐模糊的无数乡亲们……诗人在《故乡》中不无深情地描述:这里有无拘无束的童年 / 水牛黄牛蹄印规则 / 粪便错落有致 / 有下蛋的鸡和看门的狗 / 会抓也肯抓老鼠的老猫……虽够不上金山银山 / 却也水秀山清 / 炊烟祥和 / 关键是 / 允许我叶落归根。寥寥几行,画面感凸显,让读者也情不自禁沉浸其中了。此外,这一章中勾勒故乡风物的《景物记》更是别出心裁,把乡愁和用典镶嵌到诗文中，让一处处心旷神怡的景致跃然纸上。

《战地黄花》赓续了诗人赵绪奎的军人情结，长达三十年的军旅生涯让他对军营生活没齿难忘，心灵深处打下了深深的烙印，即使在基层工作也一往情深。当他再回英歌山，生命中那个曾经的家没了。沧海桑田，昔日战友风流云散，一别如雨，诗人再也找不回当初那个温馨的军营之家了，但他的军魂已在这里深深扎根，日夜呼唤那些消逝的时光；《说好月夜不梦你》则细腻地刻画了一个男兵对另一个军医护士的暗恋牵挂，那种"求之不得，寤寐思服"的情愫在诗人笔下惟妙惟肖地表现出来；对上甘岭的重新规划设计，对二连柚子树的情有独钟，刻骨铭心的赤岗，人杰地灵的江高镇，处处让诗人魂牵梦萦；文简言约的《在白石岗怀念你们》，把诗人的家国情怀从三十年前延伸至当下，他以军旅诗人的身份祭奠那些逝去的英魂，赞颂他们是"百折不挠／浴火重生的种子／是赴汤蹈火／勇于献身的一种红色基因"，在所有庆祝建党一百周年的诗歌群中，这首诗异军突起，诵读起来深情悲壮且荡气回肠。

诗人赵绪奎在诗歌中守望文学、爱情、旅行足印、时代故事，在诗歌中等待属于自己的金秋如期归来。诗歌嘹亮，诗人寂寥。在对诗歌的朝圣之旅上，他也偶尔会追忆似水流年，这使诗人的第四篇章《往事如烟》有了浓郁的怀旧气息。希望、信仰，抑或生存法则，在诗歌的冲刷下愈加明亮。如果说诗歌里蕴藏着理性的疯狂，那么完稿后剩下的就是静候晓色云开，看往事列队而去，明日扑面而来。

白露的岁月惜别，两只天鹅的爱情，一封不新不旧的情书，旧相册里的灿烂星空，此生久违的小姨，经年深情的风语，叙事诗里喋喋不休的监考独白，想对儿子说的话是山茶花，是春色，是父爱中剑指人心的温暖……林林总总，都是诗人一生写不完的帙卷。于诗人来说，往事不能如烟，却能在诗歌里丝丝入扣，每一首都是战士打靶归来，每一首都是军旅脉动，每一首都是葳蕤坚挺的剑麻，每一首都是从滚滚硝烟和本真生命中淘洗出来的熠熠生辉的钻石。

四个篇章，集合一丛豪情万丈的剑麻，一如诗人凝练坚毅的模样。

秋天又到，剑麻凛然，绪奎老师的诗歌依然热辣滚烫。

此刻诗人已转身走进森林，身后是逶迤的彩色林莽。

久未谋面，让我们在沙场秋点兵的诗行中徜徉。

2021 年 9 月 16 日于广州黄埔万科东荟城心省斋

（王国省，笔名阿国、王小虎，中国民主同盟盟员，河北邯郸人，文学学士，鲁迅文学院高研班学习结业，系中国作家协会会员，中国散文学会会员，广东省作家协会会员，广东省朗诵协会常务副会长兼秘书长、文学创作委员会主任，广州市作家协会理事，广州市黄埔区作家协会主席，现居广州。著有个人文集《野性的沉默》《灿烂的忧伤》《优雅的沦落》《一地清凉》《一路向南》《故国乡愁》。）

文学书写中的时代意识与日常生活

——赵绪奎诗歌论

龙其林

在部队锻炼多年的赵绪奎,早年即是知名的军旅诗人,在《诗刊》《星星诗刊》《解放军文艺》《青年文学》《上海文学》等全国省以上报刊发表和中央人民广播电台播出诗作 600 余首,其作品多次在《诗刊》《星星诗刊》《湖南文学》《飞天》《诗潮》《文化月刊》《解放军报》和中国报纸副刊研究会获奖,被《读者》《少年文摘》《新时期军事文学精选》《新中国军事文艺大系》《解放军文艺 600 期纪念文集》等数十种选集文摘转载、收录,还获得过第十一届解放军文艺奖和广州军区一等奖。在原广州军区政治部宣传部就任正团职干事、授上校军衔的赵绪奎,在转业到了广州市黄埔区文联之后不改热爱文学的初心,几十年如一日坚持创作,取得了累累硕果,迄今为止他不仅出版了诗集《雄性部落》《城市花开》《焰火在身边追着开》和诗文集《在我最优秀的时候遇见你》等系列著作,而且在黄埔区文联调研员任上,策划、组织了黄埔区的诸多文艺活动,使黄埔文艺成为了广州市文联的一道亮丽风景线。最近他又拿出了诗集《久未谋面》的样稿,嘱我作序。我在惶恐之余认真拜读,学习之后在很多方面心生共鸣,感慨颇多。

我一直有一个偏执的观点,一位诗人是不是适合创作现代诗歌,最关键的在于他有没有艺术的直觉。我不太喜欢思想过重、理性凸显的诗歌,总觉得这类诗歌匠气太重,难以真正打动人心。我以为,一首现代诗歌是否属于好诗,一位诗人是否属于优秀的诗人,一个极为重要的条件就是看这位诗人是否具有敏锐的艺术直觉，在一首作品中是否具有动人的直觉的呈现。诗歌借助富于节奏感的语言、充沛的情感体验和丰富的想象空间，形象化地反映现实生活、抒发思想情感，因此诗人的艺术直觉对于一首作品、一位诗人的成功都具有重要的意义。

在赵绪奎的观念中，诗歌具有文以载道的价值，诗歌创作必须与社会转型、时代任务、历史意识关联起来。他将诗歌视为时代的号角，重要的时代变迁应该都有可能在诗歌中留下或明或隐的烙印。赵绪奎的诗歌善于捕捉时代生活的众多侧面，敏捷地捕捉到了表现特定场景的生活片段及其时代背后的情感因素。《用三十五年证明自己》是对黄埔区三十五年开发建设历史的回顾，他通过一系列的动物形象，如"跟屁虫似的小鸟""腾笼换鸟""鸟群雁阵"等，来表现创业者们不畏困难、前赴后继的精神："我还想成为一只跟屁虫似的小鸟／腾笼换鸟 筑巢引凤这些与我有关的句子／最早诞生于杂草丛生的滩头／诞生于雨打芭蕉的意境里／我看见蜂拥而至的鸟群雁阵／便跃跃欲试情不自禁地跟在它们的后头。"在《阳山，我心爱的阳山（组诗）》中，诗人描绘了一幅广州扶贫小组在清远阳山艰苦工作、改变落后面貌的情形。将党和国家的政治任务放到诗歌中来表现，这对诗人提出了很高的要求，稍有不慎，诗歌就将成为政治的传声筒与留声机。值得庆幸的是，赵绪奎把握住了诗歌创作的灵感之笔，他用绽放的细节、音乐的节拍形象地展现融化了扶贫的主题，让诗歌的艺术本位与扶贫的政治主题得到了很好的结合。在《幸福的版面——为光伏项目素描》中，诗人这样写道："那 38 个从广州跑来的扶贫人／是标题 是词句 是大写的标点／朴实的笑容里／驻扎着坚毅 憨厚／百折不挠的果敢／这是一个异彩纷呈的版面／有激动 喜悦 感恩／有理想 规划和民族复兴的誓言／最美的一幅插图下面／有一行小字／这里是既美又富满眼是青山绿水的阳山。"

在《38 个人走进阳山》中，赵绪奎用消息树的掌故凸显了扶贫干部的工作得力与喜讯频传的现象："38 个扶贫干部走进阳山／38 台播种机／38 个宣传员／阳山石壁上镂刻的 38 条／精准扶贫 攻坚克难的铮铮誓言／38 棵树扎根阳山／8 个镇 35 条村的村口／从此有了报喜报忧的消息树／把让人欢呼雀跃的讯息／迅速传遍人世间／独木成林的你们／榕树般巨大的伞盖／福荫泽披农户千千万。"到了《起跑线——阳山光伏发电扶贫项目素描》中，诗人更是将扶贫工作与夸父逐日的神话结合了起来，用夸父后裔积蓄力量、跃跃欲试的情形来衬托扶贫工作者艰苦卓绝的努力："因为心中／老早就住着一个神话／夸父追日／此刻阳山人／自然成了夸父的后裔／脚往后蹬／双手撑地／一排排一队队的阳山人／在起跑线上跃跃欲试／瞪圆的双眼／如两个风火轮子／为了这一次的出发／我们等啊盼啊／积蓄了万年的望眼欲穿／千载的洪荒之力／那绿如蓝天的光伏板／就是我们飞天的羽翼。"

赵绪奎对于生活的理解常常与众不同。他很少在诗歌中直接诠释宏大理念，而是用生活的丰富多彩与情感的多元来软化生硬的概念，使抽象的观念落实到了生活的地面。诗人善于借助一些特殊的形象，来反映时代生活的特征。在《我是一只带编制的家禽——写给下发至贫困户的家禽》中，赵绪奎借助"带编制的家禽"这一具有中国语境的幽默词汇，将扶贫工作的重要性与组织性呈现出来："我是一只公派的家禽／目的只有一个／致富 而且还是精准／在阳山 我的故乡／这诞生国际品牌的地域／我的生长／已不只是生命自然的轮回／更重要的／是为了扶贫 摆脱艰辛／我是一只带编制的家禽／二十 三十 五十组成一队／像班像排 像连队的士兵／借住的老乡家里／是我们发展壮大的地方／我们的队伍／是解放一个个贫困的家庭／你说说 有不有点像当年的八路军／我是一只带编制的家禽／是政府派来的工作队／鸡

鸭 牛 羊 猪 / 全是人民的子弟兵 / 在田间 地头 小院 农屋 / 与他们一道并肩携手 / 就为了向7365那个高地发起总攻。"在诗歌的末尾，战士出身的赵绪奎忍不住将军队话语置换到了扶贫话语中，"队伍""解放""八路军""人民的子弟兵""总攻"等词汇在这里拥有了奇异的效果，隔代的语言混置在一起后反而使脱贫攻坚工作得到了形象化地演绎。赵绪奎喜欢对日常生活进行艺术化处理，在氤氲的氛围中传达出对于时代的感悟与对于生活的理解。

在《九龙歌声（组诗）》中，诗人选择了黄埔区的几个地方作为对象，勾勒出一幅科技日新月异、民众安居乐业的图景：在《我有一颗失重的心》中，黄埔区洋田村的农户种植的种子已不是一般的种子，而是搭乘返回式卫星或高空气球送去太空，利用太空特殊环境诱变作用产生变异的种子。借助太空育种，洋田村农民的庄稼将获得更好的收成。诗人借用了吴刚与嫦娥的典故，使科技育种与神话传说融为一体："我是一颗去过天空的种子 / 是月亮火星派来的天使 / 与银河里的水谈过话 / 同吴刚的桂花酒猜过拳 / 嫦娥和玉兔暖过我的身子 / 但我还是想在洋田生根发芽 / 尔后再得意地返回太空 / 擦肩而过的宇航员说 / 有机和无机这些方程 / 在失重时就能找到答案 / 可你非让我看到花海 / 那些娉婷那些个婀娜 / 牵着我的叶扯着我的根 / 我只好挤进去与它们站在一起 / 组成我们的天上人间。"在《埔心的绿萝》中，赵绪奎则使用了军事战役中的"包围战""歼灭战""突击战"的词语，来形容黄埔区埔心村的农民种植绿萝、发家致富的情形："在这里，一个人 / 一个农民工 / 一个土生土长的埔心村民 / 或者一个打包围战、歼灭战、突击战的家庭 / 一个月就有六千乃至一万二的收入 / 充实粮袋、长胖书包、养足精神 / 绿萝 / 望着500亩成群结队的你 / 不知怎么的 / 我还是忘不掉老家地里 / 那根红薯藤 /

攀援生长的样子 / 原来 你们 / 都是养人的植物。"《相约莲塘》则借助自己与宋代皇帝同姓的由头，将莲塘周边日益发展的黄埔房地产进行了串联："颍川陈氏 / 一个名叫绪奎的赵姓诗人 / 代宋皇与你握手言和 / 首先自我介绍一下 / 我乃开封赵氏 / 六年前也在莲塘的北麓 / 一个前有凤凰湖 / 后有九龙湖的万科幸福誉 / 置了房产 / 拟作为养老之地 / 你和我隔空相邀 / 不约而同选在广州选在黄埔选在九龙 / 选在知识城 / 和睦为邻 / 你逢塘而居 / 选岭南开枝散叶 / 我与你不谋而合 / 看中九龙宜居宜业 / 英雄所见略同吧 / 只是你为儿孙选择风水选择了未来 / 我为自己选择了一个昌盛的时代。"而到了《倾听水塘讲述千年的往事》这首诗时，赵绪奎则展现了自己擅长景色描摹、细节刻画与空间呈现的能力，将一幅人与自然和谐相处、历史与当代浑然共存的生态胜景表现了出来："屋里的灯火 / 曾经星星点点 / 依着塘势 / 发出梦幻的光晕 / 当年你力不从心 / 便在此'白鹤饮水'的一隅 / 停下了脚步 / 任塘里的荷香连同书声飘向远方 / 为了确保水塘不被打扰 / 燕子们也曾努力美化和改良自己的飞行姿势 / 那时，总有上百只燕子慕名而来 / 露水全都变为珍珠 / 站在荷叶上注目礼仪 / 荷花们笑得美不自知 / 羞涩的塘 / 成了她颤动的镜子 / 次第绽放的蕊 / 接力着开 / 水墨出经年的花期 / 几亩几亩的花色 / 在此安家 / 渴望着能连绵成海 / 调皮地匍匐着 / 只为了在我来时 / 惊艳登场 / 都说吻着燕塘的水 / 有一种独特配方 / 能在莲叶凋谢时 / 请莲蓬稍稍侧过身子 / 和着锅碗瓢盆 / 深情地鸡犬桑麻 / 忠贞如一的塘水 / 倒映身边这座祠堂上千年 / 一直保持自己孤傲高洁的面容。"

赵绪奎是一位有着历史感的诗人，他常常在诗歌中将历史人物、昔日场景与当代生活进行串联，在看似错落的时空中表现出新时代的迅速发展与人们生活的幸福感。大吉沙是位于广州市黄埔区的一个小岛，居民要靠船才能出入，在《约会大吉沙（组诗）》

中，诗人选择了将历史融入当下、借历史典故言说今人今事的策略，描绘了大吉沙的诸多妙处。在《你是唐朝流传下来的一段感情》中，诗人将大吉沙盛产荔枝的特点进行了凸显，借用杨贵妃爱食荔枝的典故来形容该地荔枝的独特口感，仿佛大吉沙的荔枝融化了唐明皇与杨贵妃的爱情："你是唐朝萌发的一段爱情 / 生离死别之后 / 惟有此物 / 和我们唇齿相依 / 因为唐朝 / 所以肥硕如妃 / 因为悠久 / 所以香甜似昨 / 因为历史 / 所以轮回 音容依旧 / 如今 / 你隐居萝岗 / 与远在西北的马嵬坡 / 用一颗颗千疮百孔 / 依旧玲珑剔透的心 / 遥遥相对 / 开始 / 那是一场旷世难闻的热恋 / 隆重 玄妙 / 之后不久 / 你见证的地老天荒 / 就因一匹匹倒地不起、弱不禁风的马 / 就因一道泪水就能泡塌的 / 豆腐渣垒就的坡 / 转眼成了伤逝 / 而你 / 也间接地成了罪人 / 还好 诗还在 /《长恨歌》中无尽的叹息 / 这千百年沉淀下来的 / 伤心不已的糖 / 只一裹 / 就成了你 / 面对你依旧光鲜的面容 / 我不知是该站在唐朝 / 还是站在今天 / 读你 / 此时的眼里 / 已然是唐朝歌舞 / 和大唐史诗中 / 延绵不绝的爱情。"而在《说一说我的黄埔港》中，赵绪奎则将郑和下西洋的壮举与瑞典哥德堡号轮船访问中国的古今之事进行并列，描绘了黄埔港的前世今生及其重要地位："你从隋唐依次出发 / 在珠江里集结成群 / 船队绵延不绝 / 接续千年 / 先不管领头的是不是那个郑和 / 这支远洋船队 / 在告诉我 远方 / 有一个国度瑞典 / 今天 / 回访的哥德堡号 / 正缓缓驶来 / 与东方古国 / 从此形成闭环 / 无与伦比的阵容 / 让章丘浴日亭 / 在风雅的珠江边 / 喜极而泣 / 帆影绰绰 / 涛声如潮 / 跨越时空的因缘际会 / 此起彼伏 / 先前的船夫早已不在船上 / 千年的海风吹拂 / 海岸线一如你的流海 / 活色生香 / 那片水域 / 霞光里云层浮动 / 流金溢彩 / 南海神庙 / 骄傲得如端庄的女王 / 我 此刻不为朝圣 / 只为船队的壮阔 / 上香 祈福 / 从来没想过用这么远的水 / 濯洗船帮 / 没想过让月圆月缺在桅杆上／枯燥地上蹿下跳／我仿佛看见／你贴近水的酒窝／靠风雨雷电／竭力为东西方吹送种子／把一个孤岛筑成码头／任裸露的庙宇／默默地装卸线装的历史／你终于记起了千年的我／往返的航线／似乎永无尽头／起伏的不只是海水／吵醒的大地掌声雷动／黄埔古港／你用一条复活的船／尽可能武断粗鲁地／划开江面。"

在赵绪奎的诗歌中，歌咏亲情与友情始终占据了重要地位。诗人年轻时便参军进入部队，常年远离母亲身边，之后成家立业、忙于工作，很难再像年幼时依偎在母亲身边。在母亲去世之后，诗人回望昔日生活场景时，充满了对于母亲浓烈的怀念与真挚的感激。他通过一系列母亲的生活场景，再现了母亲对儿女的无私疼爱以及吃苦耐劳、不求回报的品质。在《那只羊》中，诗人不是直接歌颂母爱，而是花费了较大篇幅来描写母亲所养的那只羊以及她与羊之间的冲突，到结尾时才笔锋一转，道出了母亲养羊就是为了给外地的儿女们寄送羊肉的目的："每年／娘只敢宠一只羊／以娘的力气和时间／只够宠一只羊／那只羊／也是娘屎一把尿一把带大的孩子／如同我们这群长大离家的儿女一样／她把养育我们积累的／所有经验和教训／都一股脑儿用在了这只羊身上／……它于是越来越不把俺娘放在眼里／时不时发点脾气／撒撒野闹闹出走／而我的娘／却格外希望它尽快体壮如牛／即使完全失去统治力／在拉扯中明显处于下风时／娘也还是这么想／哪怕被它绷扯跌倒了摔伤了／竟还生出无数的兴奋／和难以言表的喜悦／没有半点的愤怒／舍不得抽羊一鞭子／我娘固执地认为／只有羊长大了养壮了／它的四条腿才够分给四个儿子／它的排骨肚腩／才好寄给两个女儿／羊头／留下来陪自己／并按它的标准／选择下一年的接班人。"这首诗的叙述故事大多在于母亲对于羊的态度，全篇没有直接谈母爱，但母亲对于儿女们的无私付出却呼之欲出。

在《橘子花开》中,诗人的母亲已经去世,被安葬在橘园的路旁,他借开放的橘子花来描绘母亲生前对儿女们无微不至的照顾与疼爱。在淡淡的百花朵朵中,诗人因无能再为母亲尽孝的悲痛与追忆弥漫在字里行间:"风吹着橘子的花香 / 妈妈你安睡在橘园的路旁 / 一动不动的是你的四肢 / 还有你笑而不语的脸庞 / 儿在千里之外的远方 / 请橘花缀在你的坟上 / 淡淡的白花朵朵哭泣 / 弥漫着您的乳香 / 那是晚炊飘来的饭菜味道 / 是您头上若有若无的发香 / 您在橘树下等着我们 / 等儿女回来里短家长 / 妈妈,白色的橘花是我们的笑脸 / 雨水是我们泪制的琼浆 / 您坚持在路边候着 / 怕错过我们 / 日夜站在路上 / 眼里心里 / 饭香菜香 / 梦里血里 / 乳香发香 / 白花之后 / 是漫山遍野青青的橘子 / 那是儿女的心 / 跪在您的身旁。"在《与妈妈书》中,诗人因无法在清明节回故乡祭扫,便委托发小代为培土修草,因为母亲可以从发小的个头、年纪、声音、语气中见到儿子的身影:"我让业金代我为您培土修草 / 清明在您的坟头插青 / 因为他是我的发小 / 个头 年纪 / 和说话的方式 语气 声音 / 与我无别 / 见到他转前转后的步伐 / 您就看到了儿的样子 / 我还让橘子树围成一圈 / 环绕在您的周围 / 相当于为您建了一个小院 / 那些橘树 / 我亲手栽种的橘树 / 犹如我带出来的兵士 / 替我为您担水劈柴 / 遮风挡雨 / 看家护院。"

中国社会奔驰在现代化的进程中,转型与发展的速度越来越快。乡村在城市的不断扩展与现代化的辐射下,正日益改变昔日田园牧歌的生活状态。越来越多的年轻人进入城市,热闹的乡村逐渐变得寂寞甚至荒凉。回望故乡时,赵绪奎的心理充满了复杂的情绪,他既流连于童年时代记忆中的美好、自由、无忧无虑的生活,又伤感于时代的变迁太过迅猛,故乡永远无法回去。在《外婆的老屋场》中，诗人以略带伤感的笔触描绘了外婆的老屋场的今昔对比："操场边有条便沟／上接鼓侧堰尾巴／下系长弯堰头部／常年流水不断／小鱼小虾泥鳅黄鳝泛滥／成就了我们的盘中餐／我们／也乐得与山水果林为伍／在山珍河味中长大成人／现如今，老屋场归了二弟绪伦／果树都老得做了柴火／因他一家三口去了广州／住中新知识城做城里人／指定不回乡下了／老屋场空无一人／只剩一棵颇有些年龄的柏枝／孤零零地站在原地坚持／陪着躺在屋场左边不出百米／不能说话的外公外婆。"在《访问故乡》中，诗人使用了"访问"二字，这本身即代表着他以外人的身份重回昔日生活之地，却已经物是人非，再也无法找回久违的故乡的记忆与温情："这安静的村庄／我无缘久居长住／打量的那几眼／用了一眶咸咸的泪水／这不仅仅是路过／族谱里／我端坐一隅／从前是小篆／而今是仿宋小楷／连服饰与头饰／也随之悄然转换／只有那架山那根路那口塘／缓缓地伸着懒腰／偶尔做个指甲／贴上鲜活的面膜／多么亲切的山里村庄／怎么就成了我的故乡。"幸好记忆还在，诗人便借记忆中的欢快时光来抵抗当下的思乡之情。在《在田埂上奔跑》中，诗人描绘了乡间少年在田埂上追逐的情景："早就与青蛙和蜻蜓约好的／在田埂上追逐／那些稻子　田螺／还有蚂蚱／十分惊讶地望着我们／分明是海陆空嘛／像一场立体战争的演习／行动是黄昏时刻／晚风如鼓／我们在田野上集结待命／跃跃欲试／不宽不直也不平坦的田埂／跑道般准备就绪／跳跃的是泥土的芬芳／追逐自由的是未老的少年。"

在《那时候》中，诗人追忆昔日的农家生活，虽然物质生活简朴，字里行间却洋溢着欢快的色调："那时候／一户人家只能栽一茏南瓜／养一只鸡／下的蛋不吃／用来换煤油也换盐／那时候／一家养两头猪／一头过百的交国家／另一头大年三十还在拼命壮的／叫年猪／但不那么保险／那时候／时兴用粮票布票猪肉票／油更是稀罕物／在锅里常常只是来转个圈圈／那时候／娃儿读书不怎么花钱／学杂费一期五毛／不用接送／也不供应午餐。"但是这种欢乐是记忆里的，短暂而虚空。当诗人回到现实中的乡土故地时，一切都已经改变了。在《抄近路重访大雁洼》中，诗人置身大雁洼山上，这种沧海桑田之叹更为强烈："我已经站上大雁洼了／问山，我放的牛如今何在？／山答非所问／还说是牛放的我／抄近路去看你／大雁洼无雁也无语／人生有近路吗／一晃一眨眼／一辈子就已到头。"值得安慰的是，故乡还有一些亲戚朋友们依然在惦记着远离故乡的游子，寄来一袋袋的农产品，缓解了诗人的思乡之苦。在《家乡寄来一袋袋农产品》中，诗人以幽默俏皮的口吻描写了先珍姐采摘、晾晒农产品的经过："这都是她起早摸黑／日晒雨淋／一手带大的陆家子民／豆角姓傅芥菜姓魏／灰色和白色的萝卜们／头上的缨子／长出伍家屋场特有的发型／榨辣椒／白里透红／很有点京剧脸谱的味道／在山坡上摘到捡来的／黄花菜 绿豆菌 五色菇／憨头憨脑的花生／好不容易洗去泥土杂草的地脸皮／先珍姐依次将它们焯水／撒盐的撒盐／像野战医院晾绷带一样／耀武扬威地晒上几天／之后包好扎好／分门别类／编入各个不同的班级／这些没上正规花名册的干货湿货／忐忑不安地来到我家／不怕舟车劳顿／管它顺丰圆通还是申通／搬运工抓到谁是谁／你还别说，这些小步快跑的仆人／服务还真叫周到／又快又称心如意。"

对于经历过岁月沧桑与人情冷暖的诗人而言，他最大的希望是想要返回故乡，与儿时的伙伴 起重温并小遥远的、简单却快乐的生活。在《等我老了（组诗）》中，赵绪奎的这种对于日渐远离的农耕文明的留恋情绪表达得尤其充分。在《我的愿望》中，诗人想象着年老之后重返故乡生活的情景："等我老了／我还是想回陆家居住／成为你的邻居／在你的屋旁边／左侧或者右侧／

建一栋小楼／想和你一起／种桃花梨枝／摘枇杷柚子／侍弄满山遍野的橘树／累了／我们就在树丛中躺下听风／仰望星空／甚至还可以捉迷藏扔石子／玩小时候没玩够的游戏／很久没发微信给你了／你肯定还记得／中学毕业后／我们一起爬拖拉机到温泉／去一个很远的学校／看大家都喜欢的女神／那时候车很慢／但路却不觉得远／等我老了／走不动了／我们就用回忆的小车代步／做很多我们过去没办完的事。"他不仅想着自己重返故乡，而且也希望儿子也能够时常回到故乡，不要将家族与故乡的血脉关联割断了，要在骨子里记住自己的故乡，永远保持勤劳的本色。在《想对儿子说的话》里，诗人对儿子有着殷切的期待："我还想找家乡的老父亲／给他的孙子你留一块地／分一亩田／让你有空就回回故乡／跟在黄牛的屁股后头／犁地 耕田／播种 插秧／翻晒稻谷 黄豆／在灶前储藏好过冬的红薯／顺便摸点菜园／种几垄辣椒茄子／丰衣足食这个词／我也想一并送给你／希望你永远保持住勤劳的本色／如果有可能／还想再挖一口塘／方便你饮水或者游泳／养鱼喂虾／与青蛙对话／那是我们当地人的口音和技能／忘了真不好见人／你最好能把它刻在骨子里。"

赵绪奎的诗歌喜欢使用口语，不避俗词俗语，却没有碎屑、庸俗之气。他的诗歌关注着故乡的人与物、生活中的日常与细节、时代中的变化与恒久，在敏锐的艺术直接中传达着对于世界的独特感悟。赵绪奎的诗歌不追求理论的深奥与思想的犀利，但却以真挚动人的情感、奇特动人的想象，向人们展现了生活值得永恒追求的情感与美好。

（龙其林，上海交通大学人文学院长聘副教授、博士生导师。本文发表于澳大利亚《中文学刊》2021 年第 7 期。）

剑胆琴心的未老少年

许 峰

"诗言志，歌永言，声依永，律和声。"不论是从事何种体裁的文学创作，都贵在写出作者自己的个性，否则只能泯然众人，不足为道。诗歌以抒情见长，更是如此。和大多数诗人不一样的是，赵绪奎行伍出身，曾响应祖国的号召，奔赴狼烟四起、战火纷飞的对越自卫反击战战场，历经生与死的考验。因此，即使现在他已脱下戎装，但铁骨铮铮、豪气云天的军人本色依然是赵绪奎身上无法掩饰的光芒，就算所写的内容并非军旅题材，阳刚之气依然充盈在诗篇之中；同时，又有一种如清风拂面般的温情，外带几分幽默。新作《久未谋面》就是兼具以上特点的一部诗集。一句话：携笔从戎，从戎携笔，剑胆琴心赵绪奎。

和《雄性部落》主要是写壮怀激烈、慷慨悲歌的战地边塞生活不同，《久未谋面》更多是写和平建设时期的工作和生活。但在岁月静好之中，赵绪奎依然选择负重前行。其中，让我印象最深刻的是写他解甲归"田"，赴粤北山区参与扶贫工作，组织区作协会员赴阳山采风，讴歌扶贫干部。毛泽东同志说过："长征是宣言书，长征是播种机，长征是宣传队。"《38个人走进阳山》中来自黄埔的扶贫队员同样肩负起类似的角色。"38个扶贫干部走进阳山／38台播种机／38个宣传员／阳山石壁上镂刻的38条／精准扶贫／攻坚克难的铮铮誓言。"这豪迈的语句，不禁让我想起战士出征前的请战书。30年前，赵绪奎和战友们一起，在弥漫的硝烟之中，解救被豺狼滋扰杀戮的边民，固守神圣的国土，沉重打击敌寇的嚣张气焰。今天，又再次响应召唤披挂上阵，以扶贫队员的身份，奔赴艰苦的粤北阳山扶贫前线。处于石灰岩山区的阳山条件到底有多艰苦，扶贫到底有多困难？当年的阳山令韩愈在《送区册序》中这样感叹："阳山，天下之穷处也。陆有丘陵之险，虎豹之虞。江流悍急，横波之石，镰利倚剑戟。舟上下失势，破碎沦溺者，往往有之。县廓无居民，官无丞尉。夹江荒茅篁竹之间，小吏十余家，皆鸟言夷面。"然而，穷山恶水吓不倒英雄的扶贫队员。"站着 永远地站着／自信 坚定地站着／怕什么贫瘠 旱涝 喀斯特的纠缠／站着 并排地站着／站在我的清远我的阳山"。这挺拔的姿势，让我想起诗人元帅陈毅的"大雪压青松，青松挺且直"；这豪迈的气概，又让我想起战士诗人郭小川的《向困难进军》。在脱贫攻坚这一场没有硝烟的战役中，赵绪奎和同志们手牵手肩并肩，精准施策，通过引领当地群众发展光伏发电项目和养殖业，把山区人民从绝对贫困中拯救出来，再次扮演解放军的角色。"38 粒种子撒在阳山／星罗棋布错落有致地钻进田里地里／一年生根／两年发芽／三年开花又结果／一棵蔓延成一片。"在扶贫队员的带动下，阳山这个"天下之穷处"发生明显的变化。《阳山，我心爱的阳山（组诗）》真实地记录着这一切。李贺说："男儿何不带吴钩，收取关山五十州。请君暂上凌烟阁，若个书生万户侯？"当读完赵绪奎的扶贫组诗，我要说："时代在变，工作岗位更会变；但古往今来，风流人物渴望建功立业的雄心不会改，为百姓谋幸福的初心不会变。只要雄心不改，初心不变，立功何须靠吴钩？人生处处都有用武之地，处处都是策马扬鞭的疆场。"

脱贫攻坚何其波澜壮阔，中华民族的伟大复兴何其让人热血沸腾！可以说，打赢脱贫攻坚这场战役的意义，丝毫不亚于打赢解放战争三大战役。反过来说，对于一个诗人，如何用短小精悍的诗句进行展现，这实际非常考验功力。这一点上，扶贫组诗中的《我是一只带编制的家禽》给我留下难忘的印象。众所周知，清远的清远麻鸡、阳山鸡名扬天下，不过估计没有几个人会想到把在地上低头啄食的家禽和誓不低头的八路军战士联系在一起；但赵绪奎不仅想到了，而且比喻得既到位又生动：

我是一只带编制的家禽
二十　三十　五十组成一队
像班　像排　像连队的士兵
借住的老乡家里　是我们发展壮大的地方
我们的队伍
是解放一个个贫困的家庭
你说说　有不有点像当年的八路军

天下难事，必作于易。天下大事，必作于细。赵绪奎把一场史无前例的脱贫攻坚之役，聚焦到一只小小的家禽身上，一下子拉近了读者与扶贫工作队之间的距离，让人认识到什么是精准施策，什么是"我为群众办实事"，认识到中华民族的伟大复兴正是凝结在千千万万胼手胝足的劳动者的辛勤奉献，凝结在一砖一瓦、一粥一饭之中。"诗言志"，诗歌是作者心中最真实的感情流露。在赵绪奎笔下，我分明读到那颗拳拳的报国之心。杀敌何必在沙场？在脱贫攻坚这没有硝烟的战场上，赵绪奎等扶贫队员勠力同心，共同演奏出时代强音。

具体而言，"我是一只带编制的家禽，一只公派的家禽"，可以说，这只鸡（鸭/鹅）此行使命光荣，责任重大。正因如此，"我要可劲地吃，可劲地长""我就要当好这个时间虽短，但却光荣伟大的村民"。这只肩负重任的家禽在自己平凡却重要的岗位上努力工作，所采用的拟人化写法不禁发人深省：就连一只小小的家禽都知道要不辱使命，何况作为万物灵长的人类？扶贫之路越艰辛，更应该迎难而上。进一步而言，家禽是由谁带来的？不用说，是扶贫队员。扶贫队员又是由谁派来的？是党和政府。在这里，通过对家禽的肯定，以小见大，以点带面。表面上是对家禽的肯定，实际推向对整个扶贫工作队奉献精神的赞美；进而上升到对于中国要在 2020 年打赢脱贫攻坚战，消除绝对贫困的扶贫惠民政策的歌颂；最后上升到建立扶贫长效机制，坚持"扶贫路上，不让一个人掉队"的中国共产党和中国政府的歌颂。这首诗用实实在在的事例，让人真切地认识到为什么说"老百姓是地，老百姓是天，老百姓是共产党永远的挂念"。从一只家禽反映一个群体，又从一个群体反映一个时代。赵绪奎大处着眼，小处落笔，借一滴水折射出整片海。

读赵绪奎的诗，总让我想起同样是戎马关山的前辈诗人郭小川，想起《向困难进军》，想起《团泊洼的秋天》。和郭小川一样，赵绪奎在诗篇中歌颂伟大的中国人民战天斗地，在各方面取得日新月异的变化。这在描写工作和居住之地——萝岗风姿的《九龙歌声》《约会大吉沙》等一系列组诗中体现得尤为突出。尽管都是"中华颂"，但由于时代氛围和作者个性的差异，赵绪奎的诗多了几分幽默诙谐。我常常私下揣测，当年在部队，他估计是军中的笑星，是战友们的开心果，不然怎么能想到把鸡鸭之类的家禽拟人化而且给它带上时髦的编制？又比如《行走在城市的稻田上》：

岛上种树种菜栽果也就算了

还填土造田

说你造个田吧

还格外起劲

成片成规模不说
花格子般的喜悦呈现
说你什么好

还栽稻
栽稻还非弄出个大的声响
想传出岛外
走出城市
美得你
……

尽管诗句用略带调侃的语气写成，但隐藏在其中的自豪感溢于言表。每每读到这些以广州或萝岗这一城一地为切入点，折射整个国家欣欣向荣，各方面建设一日千里的诗篇；我瞬间就能理解为何人民子弟兵在战场上面对枪林弹雨依然奋勇前进，抛头颅、洒热血，在所不惜。不就是为了保家卫国，守护我们美丽的家园吗？恰恰因为赵绪奎从越南战场归来，更明白岁月静好从来就不是从天而降，更不是理所当然的，而是用鲜血和生命换来的，更加会为国家的蒸蒸日上而感到骄傲。从当年披坚执锐的边陲守护者，到今天脱贫攻坚战役中的参与者，在改革开放大潮中美丽中国的建设者和赞美者，赵绪奎见证了时代的变迁，他的诗也记录下时代前进的脉动。

《久未谋面》从山热土新泥、故乡情深、战地黄花、往事如烟四个部分组成。"故乡情深"主要思念亲人和朋友，缅怀自己的青葱岁月。这一部分尤其体现出赵绪奎人铁汉柔情，诗温柔敦厚的一面。哺育他成长的亲人，妈妈、外婆、奶奶、大姑、小姑、叔叔、继父；帮助他改变命运的恩人，如小姑父；以及跟他跟共渡时艰的友人，都有诗中留下的身影。"都说国很大，其实一个家。一心装满国，一手撑起家。家是最小国，国是千万家。"读赵绪奎的诗，我深深感受到他不仅是一个怀抱报国之心的军人，更是怀抱感恩之心的性情中人，这在对母亲的思念中体现得格外明显。

古往今来，赞颂母爱的诗歌不可胜数，孟郊的《游子吟》传诵千年。然而这一已被先贤写过无数次的题材，在赵绪奎笔下依然写出了新意，且看《那只羊》：

每年 娘只敢宠一只羊
以娘的力气和时间
只够宠一只羊
那只羊
也是娘屎一把尿一把带大的孩子
如同我们这群长大离家的儿女一样
她把养育我们积累的
所有经验和教训
都一股脑儿用在了这只羊身上
我娘固执地认为
只有羊长大了养壮了
它的四条腿才够分给四个儿子
它的排骨肚腩
才好寄给两个女儿

羊头
留下来陪自己
并按它的标准
选择下一年接班的羊

赵绪奎把对母亲的思念，落实到一只准备用来过年的羊身上。母亲饲养这只羊如同哺育亲生子女，完全可以用得上"伺候"二字。可是，这哪里是对羊的宠爱，分明是对自己六个孩子的宠爱。

诗中最让人含泪的是，尽管把羊喂得又肥又壮，但赵妈妈每年都只把骨多肉少的羊头留给自己，把肉多的部位都寄给子女，六个孩子，一个都不少。尽管诗中一个字也没有提小时候母亲如何扶"我"学走路，教"我"学说话，如何替"我"穿衣做饭，但舐犊之爱早已跃然纸上，感人肺腑。

借一只家禽，赵绪奎赞美了扶贫工作队，赞美了党；现在又借一只羊，颂扬了母亲。善于托物言志是赵绪奎诗歌的一个显著特点。翻开诗集可以发现：对戍边生活的缅怀，寄托在营区一株又一株的柚子树上（《二连的柚子树》）。对湘北故土的思念，依托于一袋袋从家乡寄来的农产品上（《家乡寄来一袋袋农产品》）。对外婆的哀思，转化在老屋场周边的果树上（《外婆的老屋场》）。对小姑父的感激，投射在那一辆驮他迈进招录代课教师的考场，改变了他一生命运的单车上（《先只讨论小姑父的单车》）。对昔日好友的想念，凝结在金盆中开出的一朵山茶花中（《金盆里长出一朵山茶花》）……在赵绪奎诗中，无论是亲子之情、故国之思还是青梅竹马之谊，都有一个坚实的落脚点作为依托。托物言志这一诗歌写作经典手法被他运用得淋漓尽致。

早就与青蛙和蜻蜓约好了
在田埂上追逐
……
不宽不直也不平坦的田埂
跑道般准备就绪
跳跃的是泥土的芬芳

追逐自由的是未老的少年

这几句诗出自赵绪奎的《在田埂上奔跑》，用来形容作者自己最合适不过。赵绪奎就是那个奔跑在田埂之上追逐自由的未老少年。他带着他的诗，带着他的豪气和柔情，从中越边境跑到粤北阳山，跑到黄埔萝岗，一直跑进新时代。期待这位剑胆琴心，一直在奔跑的未老少年，在中华民族伟大复兴的新时代中，用手中的五色笔，给我们带来更多的壮丽诗篇！

（许峰，广东财经大学中文系副教授，文学博士，中文系主任。世界华文创意写作协会常务理事，广东省作家协会会员，羊城青年文艺评论家。）

目 录

停弦渡

战地黄花

往事如烟

附录

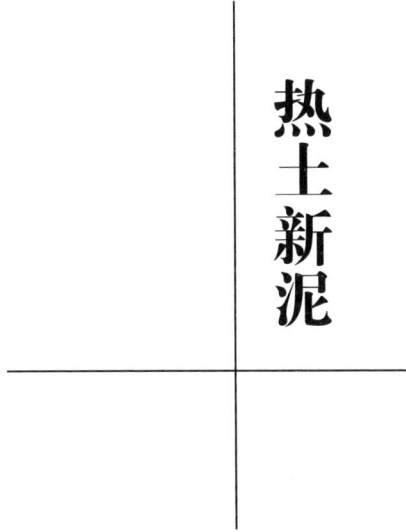

热土新泥

用三十七年证明自己

我真想成为你身上的一寸皮肤
譬如科学城璀璨的灯火
生物岛与众不同的人类细胞壁
譬如香雪公园的梅枝
那竭尽全力的美和最后的香
天鹿湖成群结队的禾雀与半遮半掩的
桃花
譬如临港的一杆帆
长岭向阳的窗户
或者是云埔的一间厂
夏港错落有致的五百强

但我不是
我只能是你身上的一滴汗珠
从西区流到东区
从科学城流进知识城
流进永和联和
流进九龙居住的凤凰湖
还有隆平院士港　纳米小镇
这种汗珠
三十七载密密麻麻
滚烫自信　充满张力　盐味充盈
从志诚大道到香雪三路

满是你奔走涌动的足迹

我还想成为一只跟屁虫似的小鸟
腾笼换鸟　筑巢引凤这些与我有关的词语
最早诞生于杂草丛生的滩头
诞生于雨打芭蕉的意境里
我看见蜂拥而至的鸟群雁阵
便跃跃欲试情不自禁地跟在它们的后头

其实我就是科学大道上自豪挺拔的香樟
是黄埔辖区内礼宾般列队受阅
高贵典雅的中华灯群
是灯柱们气宇轩昂　如约而至的
朦胧与抒情
我还是凤凰河里情意绵绵的野鸭
是野鸭与大自然的深情对唱
是它们歌颂宜居宜业
一唱三叹的歌声

昨天，就在昨天
外地亲友来信问
非说我是白富美

2021.5.28

（该诗 2021 年 10 月获中国开发区协
会举办的"我与开发区——庆祝中国共产

党建党100周年"征文活动二等奖,并在《中国开发区》杂志2021年10月发表,被收录入获奖文集《木棉花开》。)

阳山,我心爱的阳山(组诗)

幸福的版面
——为光伏项目素描

这是一幅最最激动人心的版面
标题是那么地充满诗意
每个字句
无不源自内心的呐喊
是幸福的排比
是希望的展览
是信仰　追求　渴望的集体呈现

就这样紧紧地集合在一起
兴奋　急切　迫不及待
我们手挽着手　肩并着肩
坚定而又执着地
在山坡上　鱼塘里
像一朵朵永远的向日葵
用满腔的热忱
深情地　面朝着太阳的温暖

站着　永远地站着
自信　坚定地站着
怕什么贫瘠　旱涝　喀斯特的纠缠

站着　并排地站着
站在我的清远我的阳山

那 38 个从广州跑来的扶贫人
是标题　是词句　是大写的标点
朴实的笑容里
驻扎着坚毅　憨厚
百折不挠的果敢

这是一个异彩纷呈的版面
有激动　喜悦　感恩
有理想　规划和民族复兴的誓言
最美的一幅插图下面
有一行小字
这里是既美又富 满眼是青山绿水的阳山

啊，光伏
幸福的版面
你是天底下最动人
笑得最开心的一张脸

2017.6.4

38 个人走进阳山

38 个扶贫干部走进阳山

38 台播种机

38 个宣传员

阳山石壁上镂刻的 38 条

精准扶贫　攻坚克难的铮铮誓言

38 棵树扎根阳山

8 个镇 35 条村的村口

从此有了报喜报忧的消息树

把让人欢呼雀跃的讯息

迅速传遍人世间

独木成林的你们

榕树般巨大的伞盖

福荫泽被农户千千万

38 粒种子撒在阳山

星罗棋布错落有致地钻进田里地里

一年生根

两年发芽

三年开花又结果

一棵蔓延成一片

38 条黄埔汉子走进阳山

自信　热情　春风满面

如 38 把圆规

76 根米尺

一丝不苟　来来回回地丈量在

田间地头心里面

起初是挤进人群往里坐
后来是家里人牵手寒暄话长短
再后来　心是阳山的水
肤是阳山的山
说一口暖心窝窝的阳山话
走起路来一阵阳山风
带一种阳山范

如今那 38 个人哪里找哟
被淹没在来来往往　忙忙碌碌的人群里
分不出来寻不见
只能从那睡得最晚灯火处
才能发现闪光点

人们指着远处对我说
那是清澈透明的连江水
那是长在心上的贤令山

2017.6.4

我是一只带编制的家禽
——写给下发至贫困户的家禽

我是一只公派的家禽
目的只有一个
致富　而且还是精准

在阳山　我的故乡
这诞生国际品牌的地域
我的生长
已不只是生命自然的轮回
更重要的
是为了扶贫　摆脱艰辛

我是一只带编制的家禽
二十　三十　五十组成一队
像班　像排　像连队的士兵
借住的老乡家里
是我们发展壮大的地方
我们的队伍
是解放一个个贫困的家庭
你说说　有不有点像当年的八路军

我是一只带编制的家禽
是政府派来的工作队
鸡　鸭　牛　羊　猪
全是人民的子弟兵
在田间　地头　小院　农屋
与他们一道并肩携手
就为了向 7365 那个高地发起总攻

我要使劲地吃
我要可劲地长
党和政府派我来

我就要当好这个时间虽短
但却光荣伟大的村民

游过小河我就大了
跨过田头我就壮了
那咯咯的笑声
是我露肩的羽翼
在阳光下一个兴奋的剪影

2017.6.6

起跑线
——阳山光伏发电扶贫项目素描

因为心中
老早就住着一个神话
夸父追日
此刻阳山人
自然成了夸父的后裔

脚往后蹬
双手撑地
一排排一队队的阳山人
在起跑线上跃跃欲试
瞪圆的双眼
如两个风火轮子

为了这一次的出发
我们等啊盼啊
积蓄了万年的望眼欲穿
千载的洪荒之力
那绿如蓝天的光伏板
就是我们飞天的羽翼

农光互补　渔光互补
浩浩荡荡的队伍
骄傲地驻扎在阳山的山坡　河堤
身上源源不断的能量
长出了刘翔的腿　孙杨的臂

摩拳擦掌
马不停蹄
起跑线上的我们
凤凰涅槃的您和你

2017.12.12

九龙歌声（组诗）

我有一颗失重的心

我是一颗去过天空的种子
是月亮火星派来的天使
与银河里的水谈过话
同吴刚的桂花酒猜过拳
嫦娥和玉兔暖过我的身子
但我还是想在洋田生根发芽
而后再得意地返回太空
擦肩而过的宇航员说
有机和无机这些方程
在失重时就能找到答案

可你非让我看到花海
那些娉婷那些个婀娜
牵着我的叶扯着我的根
我只好挤进去与它们站在一起
组成我们的天上人间

你们人类讲
红花要靠绿叶扶
尽管我拼命地挤向外围
可花海不是失重的太空

洋田的引力太大
洋气的我只好听话地站在中间
站在这块叫洋田的土地中间

乡亲们私下里都说
我是他们最舍不得外嫁的女儿

2020.5.22　19：40 于洋田花海

埔心的绿萝

你和你的母亲
像极了我家地里的那垄红薯
此时，你不叫地瓜、不叫苕、也不叫浆薯
叫作埔心的绿萝

那吹弹可破、晶莹剔透的叶片
翡翠样的心
是那一天里
最让我心生怜爱的小手

后来我才发觉
你怀孕、生产以及播种的方式
完全等同于我的红薯
而且你们的功用也大体一致
我家的那片红薯

养猪、养人、养会饥饿的胃

你呢

一到两月的成长过程

远比湘北土里的那个它　上进

在这里，一个人

一个农民工

一个土生土长的埔心村民

或者一个打包围战、歼灭战、突击战

的家庭

一个月就有六千乃至一万二的收入

充实粮袋、长胖书包、养足精神

绿萝

望着500亩成群结队的你

不知怎么的

我还是忘不掉老家地里

那根红薯藤

攀缘生长的样子

原来　你们

都是养人的植物

2020.5.22

相约莲塘

颍川陈氏

一个名叫绪奎的赵姓诗人
代宋皇与你握手言和

首先自我介绍一下
我乃开封赵氏
六年前也在莲塘的北麓
一个前有凤凰湖
后有九龙湖的万科幸福誉
置了房产
拟作为养老之地
你和我隔空相邀
不约而同选在广州　选在黄埔　选在九龙
选在知识城
和睦为邻

你逢塘而居
选岭南开枝散叶
我与你不谋而合
看中九龙宜居宜业
英雄所见略同吧
只是你为儿孙选择风水　选择了未来
我为自己选择了一个昌盛的时代

今天我来了
你不在时我来了
但你却说
我还在

是你没有看见

的确
你无时不在
那座祠
那口塘
那片瓦
那眼井
那束光
那串光宗耀祖生生不息的芳华

我问那块酣睡的砖
我敲那堵坚实的墙
我望那顶努力的荷
它们齐刷刷地指向你
指向塘里的水　祠堂的雕花！

2020.5.24

倾听水塘讲述千年的往事

倾听水塘讲述千年的往事
燕子
不时幻化成书童的样子

祠堂，成了忠实的观景台

它们是屋舍
也是时间的杰作
屡见不鲜的还有
燕子带来的阳光和雨水
让金色光芒里飞舞的蜻蜓
在塘面成了陪衬

水塘再小，对人类而言
都老得出奇
一些更精美的雕琢
则交给了水滴的执着和燕子的呢喃
有道是马踏"陈"飞
只见燕在前面飞
人在后面随
貌似极易流失的水土
在塘里塘外留了下来
把水塘变成了蓬莱
于是我们也就有了采风的理由

屋里的灯火
曾经星星点点
依着塘势
发出梦幻的光晕
当年你力不从心
便在此"白鹤饮水"的一隅
停下了脚步
任塘里的荷香连同书声飘向远方

为了确保水塘不被打扰
燕子们也曾努力美化和改良自己的飞
行姿势
那时，总有上百只燕子慕名而来
露水全都变为珍珠
站在荷叶上注目礼仪
荷花们笑得美不自知
羞涩的塘
成了她颤动的镜子

次第绽放的蕊
接力着开
水墨出经年的花期
几亩几亩的花色
在此安家
渴望着能连绵成海
调皮地匍匐着
只为了在我来时
惊艳登场

都说吻着燕塘的水
有一种独特配方
能在莲叶凋谢时
请莲蓬稍稍侧过身子
和着锅碗瓢盆
深情地鸡犬桑麻

忠贞如一的塘水

倒映身边这座祠堂上千年

一直保持自己孤傲高洁的面容

2020.5.24

（该组诗 2021 年 10 月获中国开发区
协会举办的"我与开发区——庆祝中国共
产党建党 100 周年"征文活动二等奖，并
在《中国开发区》杂志 2021 年 10 月发表，
被收录入获奖文集《木棉花开》。）

遇见珍宝的欣喜

我决定在湾顶镶一颗最大的
红宝石
让我们每天不用费力就能相见
不必预约，真不用
你只需站在有花的路口
微笑或者开心
我就追到你的跟前
有人说你是珍宝
我观察甄别了很久
认为也是

鲜红的色彩
那是喜庆的外衣
譬如新婚添子
譬如奠基封顶
反正我一袭红裙
迎你而来

我走路姿势也很特别
如椽之笔也像刷子
如老师的批红
为美轮美奂的城市打钩
替日新月异的道路描红

在花城的骨骼经纬上
来回地涂抹
那道不喘不息的虹
一直划进你的肌肤里

说好的
你只需站进有花的亭子
我会用双层双倍的热情
穿过大半个广州
来接你

2020.12.23　7：49
上班途中为珍宝巴士而作

（该诗 2021 年 10 月获中国开发区协
会举办的"我与开发区——庆祝中国共产
党建党 100 周年"征文活动二等奖，并在《中
国开发区》杂志 2021 年 10 月发表，被收
录入获奖文集《木棉花开》。）

约会大吉沙（组诗）

约会大吉沙

燕子和蜻蜓约好了
非让我八月来
还说大吉沙
已用清澈的珠江水洗好了脸
美颜了少女妆

你看大吉沙都大吉了
肯定是无忧岛
金黄色的片片珠绣
错落有致地铺满稻田
沉甸甸的穗儿
是她刻意的辫子
转不转身
都是那么诱人

爬满江岸的七里香
悠悠地抱怨江风
怎么能吹得如此妩媚
它都来不及牵住帅哥的衣角

大吉沙

我看见你河心的沙了
那是你众多的心事与愿望
不管你今后如何打扮
我还是记得你今天的模样

2020.8.11

（该诗 2021 年 10 月获中国开发区协
会举办的"我与开发区——庆祝中国共产
党建党 100 周年"征文活动二等奖，并在《中
国开发区》杂志 2021 年 10 月发表，被收
录入获奖文集《木棉花开》。）

行走在城市的稻田上

调皮的城市
居然用一条江水
围了一个小岛
小就小吧
还叫大吉沙
一点也不谦虚

岛上种树种菜栽果也就算了
还填土造田
说你造个田吧
还格外起劲

成片成规模不说
花格子般的喜悦呈现
说你什么好

还栽稻
栽稻还非弄出个大的声响
想传出岛外
走出城市
美得你

杂交稻
隆平港
挺时尚也挺高大上的样子
修长的你
饱满的你
低头偷着乐的你
想干吗

高产得不像是粮仓
倒像是 5A 景区
走来走去的我们
找不到回时的路

2020.8.12

打赌那些事儿

本来是风景区
不料却成了赌场
他先赌生吃辣椒
天王椒冷冷地看着这群人
招投标
竞争上岗
有出一万的
有出五千的
一下子断崖式降到两百的
是练书法的人

有赌亩产多少谷子的
一亩六分三的水田
收割机当场收割装袋
上磅测产
去湿　平均
数字可观得不要不要的
还真扬眉吐气

再赌荷叶开不开花产不产香
赌它结不结莲长不长藕
还赌泥鳅黄鳝串门的口令
赌禾花鱼的身材和体重
连密度都设计好了

把一个未来和蓝图
赌得那么逼真那么活色生香
恨不得马上成为现实

2020.8.12

梅枝五笔（组诗）

表　露

敲定某个时间白成自己
我酝酿了几个世纪
那天霜在，雪也在
风不停地刮

我选择悄悄冒出枝头
偷窥你走来的样子
清瘦如我
忧郁也如我
仿佛，前世的孽缘

那团萼
是我欲言又止的嘴型
我张了又闭
闭了又开
三次，真的有三次
还是没敢完全画出我的心

2020.11.28　17：47

惊见花开

说开你就开了
我竟没想好用什么颜色衬你
香味也来不及预备
浓度和品种
让我好伤脑筋

你开的地域
是那么与众不同
用一道岗迎雪
说白了还是存有私心

我追来
用了不少气力
想让你知道
斜对面
穿白裙子的那位
也是你的铁粉

202012.12　18：16

感时花在落

从一枚花瓣的叹息声中
你那么讪讪

双眉紧锁
一层单衣
不知所措的手
搓着

我试着在安慰自己的同时
也安慰安慰一下你
但风太紧
雨也有些添乱

那节枝
有些惊慌和颤抖
会不会是因为你的到来

2020.12.24 14：50

南下的云朵

从天空偷偷下凡的几粒云朵

北方的天空
是你住腻了的家
你们相约努力往南飘
一路叽叽喳喳
挑挑拣拣
过梅岭古道

绕帽峰山华峰寺
只舍得留一丝丝古典的履痕

玉岩书院的书声
让你们一下子找到了灿烂的理由
那节奏
竟然与为这芬芳配乐的鼓点
不谋而合
你想不笑都难
实在是忍俊不禁

那么白的肌肤
那么羞涩的酒窝
叫人百看不厌
终于被人看得恼了
才在最靠里的方位
悄悄地红上一朵

2020.12.28　9：31

声　明

首先声明
我不是你眼中的那朵
那一枝活在北方
与霜雪挤在一起

我轻轻那么一跳一飘
用一个筋斗云
就到了心仪的花城
书院的梅枝上
留下一串串香揉的陶瓷印

在这岭之南
我完全放下冰雪聪明
放下晶莹剔透
还放下脆弱的架子
连呼吸
都换了一种格式
吹气如兰不敢说
毕竟
有了活色生香的本事

2020.12.28 17：00

梅花宴

见我识我
你说三生有幸
为此，你选不同地域
造不同场景
其实，
是我们缘分非浅
你我只是换了一个妆容
赴前世未遂的约定

我一人一乘，打马而来
满肩披雪
如果可以
我也愿用三生陪你
只因人间之路较你稍长
我已让我的臣民
在各个路口候你

双目含泪
负责八方枝丫
记录谁先谁后，他长你短
耳朵张开
分辨花蕊三弄的鼓点
捕捉你穿衣的声音

有些炎症的鼻子
骑一匹忠实的竹马
舍不得漏掉你半点芬芳
今天，特别是今天
我带来好奇的味蕾
只为寻你
别出心裁的打扮

我深知花蕊
不为伤心而发
只为痴情坚守
紧追不舍的你
此刻，却不忍走下梅枝
又上心尖

如果可以
让我们皆化蝶成羽
为诗作画
以一宴伺酒
梅花烙心

2020.12.15

萝岗橙的前世今生

一枚果子
叫甜了一个地名
你理直气壮地站在秋风里
完成一个季节的象征

正是这种透彻心肺的甜
让无所适从的唇与目光
找到了方位
你用从里到外的赤诚
细说着你的甜蜜与痴情

快乐的风从身上滑过
痒痒的糖涂满身子
羞涩的脸蛋红得像个苹果
这时你才懂得
孕的过程
原来是如此幸福

岁月
跳上你温润的脐部
用芭蕾一般的脚尖尖
说出变锣成柳的缘由

天空下
一只比翼的眼
一对连理的核
谷地里
一层耀眼的黄
一阵醉人的风

2010.4.7

你是唐朝流传下来的一段感情

你是唐朝萌发的一段爱情
生离死别之后
唯有此物
和我们唇齿相依
因为唐朝
所以丰满如妃
因为悠久
所以香甜似昨
因为历史
所以轮回　音容依旧

如今
你隐居萝岗
与远在西北的马嵬坡
用一颗颗千疮百孔
依旧玲珑剔透的心
遥遥相对

开始
那是一场旷世难闻的热恋
隆重　玄妙
之后不久
你见证的地老天荒

就因一匹匹倒地不起　弱不禁风的马
就因一道泪水就能泡塌的
豆腐渣垒就的坡
转眼成了伤逝
而你
也间接地成了罪人

还好　诗还在
《长恨歌》中无尽的叹息
这千百年沉淀下来的
伤心不已的糖
只一裹
就成了你

面对你依旧光鲜的面容
我不知是该站在唐朝
还是站在今天
读你

此时的眼里
已然是唐朝歌舞
和大唐史诗中
延绵不绝的爱情

2010.4.20

说一说我的黄埔港

你从隋唐依次出发
在珠江里集结成群
船队绵延不绝
接续千年
先不管领头的是不是那个郑和
这支远洋船队
在告诉我　远方
有一个国度瑞典
今天
回访的哥德堡号
正缓缓驶来
与东方古国
从此形成闭环

无与伦比的阵容
让章丘浴日亭
在风雅的珠江边
喜极而泣

帆影绰绰
涛声如潮
跨越时空的因缘际会
此起彼伏

先前的船夫早已不在船上
千年的海风吹拂
海岸线一如你的刘海
活色生香

那片水域
霞光里云层浮动
流金溢彩
南海神庙
骄傲得如端庄的女王
我　此刻不为朝圣
只为船队的壮阔
上香　祈福

从来没想过用这么远的水
濯洗船帮
没想过让月圆月缺在桅杆上
枯燥地上蹿下跳
我仿佛看见
你贴近水的酒窝
靠风雨雷电
竭力为东西方吹送种子
把一个孤岛筑成码头
任裸露的庙宇
默默地装卸线装的历史

你终于记起了千年的我

往返的航线
似乎永无尽头

起伏的不只是海水
吵醒的大地掌声雷动
黄埔古港
你用一条复活的船
尽可能武断粗鲁地
划开江面

2020.11.23　16∶04

南昆山写生(组诗)

大封门水库

不忍心造一座环形的山
完完全全封住你
大封是库
小封是湖
一小面水天一色的镜子
让物我相忘的我们
迫不及待地找事业找容颜
找回不来的青春与爱情

其实你知道
仅用一小半的颜料装扮自己
就足以接见我们了
那远山飘过来的裙裾
叠彩在你的腰间
说是百褶裙已变迷你裙
你还不信

不好意思的你
别这么快羞答答地转身

2019.7.25

川龙瀑布

就因为你没有三千尺
所以也不能叫黄果树
像极了一条龙的你
在山川执着地飞舞

真正的民族唱法
是南昆山的保留曲目
台柱子
说的就是你
薄雾轻纱
笼罩的是人心
是经年的过往

缥缈　朦胧
想不美都难
那一往无前的劲头
根本就是动脉的担当

2019.7.26

石河奇观

到处是散落的石子

想到了一对
被水冲散了的恋人
亿万年努力地坚持着
站在原地
尽力保持着自己的容颜
渴望重逢的那一天
能彼此相认

不知你在哪里
相距有多远
（其实近在咫尺
却又遥不可及）
哪怕流水淹没头顶
直不起身子
心中守望相助的信念
已跨越千年

只想借擦肩而过的流水
带给你
我日夜苦等的讯息

2019.7.26

一线天

好不容易成功突围
又被卡在两块巨石中间

问你
在拥挤的怀抱中是陶醉
还是一种无法挣脱的折磨

不上不下的你
宛若凡世的人生
一线天
本来就只有一线天
看你怎么看怎么走

2019.7.26

九重远眺

眼前的
是山是水是人生
胸中的
是家是国是世界
身边的人来来往往
周围的故事反反复复

亭子是个结
无休无止的物是人非
缠绵悱恻
昨天我来你不在
明天你在他不来
说的是人停心不停
唱的是长亭唤短亭

头三重看山还是山
后三重看山已是海
再后来
看山仍是山

忍不住问自己
如今站在第几重

2019.7.25

未来之城

从来没有想到过
会有这样的城市一座
知识孵化祖国的强盛
智慧主宰世界的脉搏
一片不算太大的土地
播种着我们未来的生活

梦里曾经出现过
世界都在为你而欢歌
选择自主创新先行区
画出我美轮美奂的开萝
一片南方不小的土地
开启了"广州创造"的先河

（山清水秀
生态宜居
到处是无边春色）

你是未来的城市
致富经济的新引擎
创新创意的春之约
让我们在今天的大黄埔
写下中国硅谷的传说

你是未来的城市
人才荟萃的跑马地
品味生活的好居所
让我们在知识经济最高地
唱响一首创造的歌

2013.5.6 初稿，2021.2.23 改定

岂曰无衣　与子同袍

王于兴师　聚我甲兵
白衣执甲　归来如往

这是湘江战役的血衣
百团大战平型关的战旗
是上甘岭的苹果　长津湖的秋衣
是淮海的独轮车　小米
渡江战役的舢板　旗语
鲜红的领章五星永恒闪耀
是 55 式 65 式 87 式 06 式军装的联展
是红军　八路　解放军　志愿军后裔
在前赴后继

像极了九八抗洪红色救生衣与岿然不倒
的大堤
二〇〇三年"非典"时小汤山的急救室
二〇〇六年冰雪灾害的炭火　棉袄　军被
如今，为剿灭
一种戴着怪帽子的新型病毒
你们深情地　坚毅地　大义凛然地逆向
而行
不计报酬　无论生死

黄鹤楼说认识你

请战书上有你的名字
龟山蛇山望着你
望着你举手宣誓诵读入党誓词
江汉路　珞珈山等着你
说你义无反顾的血手印
孔武有力
其实啊
哪来的什么天使
向死而生的你们
不过是换上征袍的子弟儿女

国家有难　　义不容辞
刀山火海　　临危不惧
火神山
是我们的据点
是只能进不能退
只能赢不能输的战役
火神山
全国人民心中的火神山
此刻飘扬的
还是那面不倒的八一军旗

2020.2.20

天眼湖（外一首）

左边是你
右边还是你
你是我额头上最亮的那只眼睛
看见过去的山清水美
看得见未来的林绿云白

左右都是你
走在你的心中间
是仰你的鼻息
是听你的耳语
乡村的路
是一架通天的梯

你笑着告诉我
你眼中天堂的生活
也笑着告诉众人
你眼中的麦村

2021.10.28　11：10

这是午时准点的麦村

一趟特快列车
小康号
在乡村振兴的线路上疾驰着
迫不及待的旅客贵宾们
望着一个新建的驿站上空冒出的
透着香味的烟火气
味蕾兴奋极了
他们知道
是新龙镇麦村到了

驿站不只是站台
是美食比拼的展厅
一百多位撒在全国各地的大厨
出自此处
有父子
有兄妹
有夫妻
还有双胞胎兄弟
姓吴
姓钟
也姓很小资的徐
反正，麦村在烹饪这件事上
腰杆挺得很直

北上广深
都混得开
很上台面
无意间写下一路舌尖上的传说

大酒店　小农庄　祠堂年宴
这些走动的高帽子
变成了幸福的代言人
柴火烧鸡饭
黄泥灶叉烧肉
碌碌烧鹅
客家人祖传下来的手艺
一不小心
在乡村振兴的舞台上
当了主角

麦村不产麦子
产稻子产花海
产松声产竹林
连走地鸡本地鸭憨头鹅
也来争风吃醋
把有机的蔬菜特色的瓜果
挤到了山边

产大厨这一项就足够了
让味蕾不知所措
回味无穷的佳肴

在午时
准点让你沉迷
忘记回家的路

2021.10.28　11：46

故乡情深

那只羊

每年
娘只敢宠一只羊
以娘的力气和时间
只够宠一只羊

那只羊
也是娘屎一把尿一把带大的孩子
如同我们这群长大离家的儿女一样
她把养育我们积累的
所有经验和教训
都一股脑儿用在了这只羊身上

那只羊
最爱吃田梗上的黄豆
一门心思只想做马
娘每日起早摸黑
牵着它东奔西走

那只羊
那只越大越不听话的羊
越来越喜欢与母亲拔河拉锯的那只羊
一眼便看出我的娘小腿骨折后没有接好
两条腿长短不一

走路一瘸一跛
力气已大不如前
一个残疾的中老年妇女
远不是渐渐长大的它的对手

它于是越来越不把俺娘放在眼里
时不时发点脾气
撒撒野闹闹出走
而我的娘
却格外希望它尽快体壮如牛
即使完全失去统治力
在拉扯中明显处于下风时
娘也还是这么想
哪怕被它绷扯跌倒了摔伤了
竟还生出无数的兴奋
和难以言表的喜悦
没有半点的愤怒
舍不得抽羊一鞭子

我娘固执地认为
只有羊长大了养壮了
它的四条腿才够分给四个儿子
它的排骨肚腩
才好寄给两个女儿

羊头
留下来陪自己

并按它的标准
选择下一年接班的羊

2021.3.10　16：21

发表于《羊城晚报》2020 年 3 月 30 日

橘子花开

风吹着橘子的花香
妈妈你安睡在橘园的路旁
一动不动的是你的四肢
还有你笑而不语的脸庞

儿在千里之外的远方
请橘花缀在你的坟上
淡淡的白花朵朵哭泣
弥漫着您的乳香

那是晚炊飘来的饭菜味道
是您头上若有若无的发香
您在橘树下等着我们
等儿女回来里短家长

妈妈，白色的橘花是我们的笑脸
雨水是我们泪制的琼浆
您坚持在路边候着
怕错过我们
日夜站在路上

眼里心里
饭香菜香

梦里血里
乳香发香
白花之后
是漫山遍野青青的橘子
那是儿女的心
跪在您的身旁

2020.7.28

与妈妈书

我让业金代我为您培土修草
清明在您的坟头插青
因为他是我的发小
个头　年纪
和说话的方式　语气　声音
与我无别
见到他转前转后的步伐
您就看到了儿的样子

我还让橘子树围成一圈
环绕在您的周围
相当于为您建了一个小院
那些橘树
我亲手栽种的橘树
犹如我带出来的兵士
替我为您担水劈柴
遮风挡雨
看家护院

2019.6

一个军人的母亲

军人的母亲
大多倚在门上
要么站在村口

而今我的母亲
住在村中的路边
坟旁
是漫山遍野的橘树

2019.5

外婆的老屋场

一不小心
外婆把老屋
建成了我们儿时的田径场
上面跑动着我的　二弟绪伦
三弟崇成的脚丫
跑着我们有些饥不果腹的童年

好在屋场周围全是果树
外公外婆知道
这是吸引并留住我们的最好道具
美观温暖不说，关键是诱人口水
两种李子，迟谷①和早熟
两种梨子，也是迟谷早熟
次第生长　陆续出阁
口味呈现多种格式
超甜的和一般甜的
爽脆的跟着较脆的
每棵树都端着不同的性格与脾气
加上有的临风
有的当阳
分别朝南朝北面东向西
注定果子们会大同掺着小异
当然，不管它们化装成什么样子

最后，都只能是一种命运
成为我们的俘虏
无一例外地被我们塞进书包
当作上午的点心下午的茶食
统统装在我们的肚子里

忘了说
屋后菜园子里
也藏着几树梨子
不显山不露水
隐蔽得格外小心
桑葚，则靠在山脚边
很低调也很规矩
只是果肉紫得那叫一个饱满
汁液生津

我们是快乐的品尝者
甜蜜度，成熟度
拿捏得十分到位
堪比专家
当然，这主要靠外婆提醒
她的三寸金莲虽不迅疾
但手指的方向很准
也很大方

屋场上有几棵很壮的柏枝
还有成丛成林的修竹

外婆说，那是照我们的样子种的
外公祖上一脉几代单传
到外婆这儿
没生男丁，只诞下三个女儿
还早早夭折了两个
只剩我妈妈一根独苗
屋场上便种树种竹
一为壮胆
二则祈愿江家开枝散叶
香火不断
儿孙们能像它们那样
茁壮成材

操场边有条便沟
上接鼓侧堰尾巴
下系长弯堰头部
常年流水不断
小鱼小虾泥鳅黄鳝泛滥
成就了我们的盘中餐

我们
也乐得与山水果林为伍
在山珍河味中长大成人

现如今，老屋场归了二弟绪伦
果树都老得做了柴火
因他一家三口去了广州

住中新知识城做城里人
指定不回乡下了
老屋场空无一人
只剩一棵颇有些年龄的柏枝
孤零零地站在原地坚持
陪着躺在屋场左边不出百米
不能说话的外公外婆

2020.12.1　16：08

注：①迟谷即晚成熟的稻谷，也就是
迟熟。

好想成为小姑的儿子

小姑大我十二岁
都属兔子
可以说是她把我带大的

小姑待我很亲
出嫁前和叔叔争着宠我
出嫁后
添了三件小棉袄的她
极想要件夹克
我被列入当然人选

因小时候父母离异
我受了不少苦
常常饥寒交迫
吃了上顿没下顿
小姑家就是我的下顿

尽管五队离九队相隔很远
看着走着都有不小距离
走亲戚得翻山越岭大费周章
但我特别愿意找借口反复去

小姑很偏心

真的很偏心
家里最好吃最宝贝的东西
常常会藏着掖着等我和弟弟去拿
不管多晚
都不会丢失
更不会给了别人

其实我是穿女人衣裳长大的男子
身上的衣服
基本上都是小姑故意淘汰的
在我和小姑心中
我们早已是母子
这辈子是
下辈子还是

打小最疼我的有四位亲人
可惜奶奶母亲还有叔叔
已相继去了天国
只有小姑还一直坚持宠着我
她是上天派来罩着我的神

2021.4.12

你好，大姑

大姑爱笑
大姑父也爱笑
大姑的两儿三女也爱笑
于是洪家屋场
成了生产欢声笑语的工厂
那些幸福的、快乐的声音
像一朵朵四处飞溅的浪花
洒得到处都是

大姑好客
热情得无以复加
从屋边经过的人
都会被请上饭桌
尊坐上席
人缘极好的她
像极了一个乐善好施慈眉善目的菩萨

只要家里来了贵客
她都会请左邻右舍来作陪
恨不得把所能想到的
七大姑八大姨都请齐
甚至不惜请到北京去
结果大多是家人上不了桌子

陪客严重超标
与真正的客人一点也不成比例

每年大姑家都会熬糖切糖攘粉皮
大姑父忙碌一夜
往往产品严重脱销
被大姑喊来的南来北往的乡邻
吃得所剩无几
大姑父一点也不埋怨
之后和大姑照样乐此不疲
（可又有谁知道
为人豪爽大方的姑姑
待自己却格外吝啬
舍不得扔掉的仅有的几身衣服
每一件都洗得发白）

大姑舍得牺牲
六十年代的师范毕业生
执教了两年的小学教师
美少女宏玉竟为了让公婆放心
含泪辞工回家务农
相夫教子
所育的儿女中
一个拥有正高教授职称
担任大医院的儿科主任
一个成了部队的团职军官
在大都市管钱管物

（怕儿女担心的大姑
报喜不报忧的大姑
有时也会撒撒小谎）

大姑行文老辣字体娟秀
时不时会有点睛之笔
（我现在能写点儿文字的基因
想来是和她一样得了祖上的遗传
到现在我更加深信不疑）
她大女儿女婿建房
为借钱这点小事
家菊信纸写满五页
她上来只消三五句
讲得一目了然言简意赅

大姑是有名的当地好人
好儿媳好婆婆好妈妈好岳母
好奶奶好外婆
好邻居好村民
如果发奖牌佩戴勋章
估计她胸前都不够位置
大姑父生病卧床六年
她端屎端尿不厌其烦
即使被伺候的姑父偶尔发发脾气
她依然一边翻身擦洗
一边轻言细语地安慰
会好的，总会好的

大姑多才多艺能歌善舞

声线甜美乐感上佳

尤其擅长舞蹈

村里的广场大妈中

她的舞姿最为优雅

腰也扭得格外协调自然

领舞大姑

是陆家四队名副其实的网红

大姑越老越慈祥

长得也越来越像我奶奶

前年春节回家给她拜年

从大门里迎出来的大姑

活脱脱就是奶奶再世

看得我泪眼婆娑

都不知该怎么喊她

2021.4.12　20：50

先只讨论小姑父的单车

小姑父余典发
一直是我仰望的神一般的存在
不光靠辈分
关键他是标准地道的高富帅

一米七八的笔直身板
很上相的五官
永远透着春天气息的笑容
加上时刻揣着的好奇心
让我崇拜得冒出了星星眼

他在村里最先拥有单车
最早戴上手表
最快看上电视
重要的是
那辆飞鸽牌单车
与我扯上了关系
把我从水库最底层
一下子拉到了岸上

那辆单车真高呀
十六岁没怎么发育的我
长得只比它茂盛一丁点

一米四四的个子
正困在湖北大岩嘴水库打炮眼儿
每天一米五的工程指标
比我身高还长出不少
弱小的我只能单兵作战
一手挥锤
一手掌钎
（为争抢一把好钎
不惜和一壮汉撕破脸
在地上打滚）

整整一个月呀
铁锤和铁钎被我抱成女友
一架出人意料的单车
和一只带着好运的飞鸽
突然出现在糊满汗水的眼里
母校复兴中学
招考一名高中毕业班数学代课老师
这个比工地的雷管和炸药还带劲的爆
炸性喜讯
就派萝卜挖坑的"鸡毛信"
飞到了湖北
飞到了寒冷刺骨的水利工地
让正在为 5 元草鞋补助钱拼命
想复读一学期再度高考的人
一下子迈到了春天

可单车后架实在太高
第一次臀部竟没有能够同它打上招呼
于是第二次用出了吃奶力气
洪荒之力太搞笑了
我又成了跳高运动员
跃过单车后座的我
一屁股坐到了车子另一侧的地上
那一瞬间我竟然膨胀地觉得
或许我也可以走体育之路
出现在某个国际赛场上

第三次不用说
肯定成功了
乱糟糟的头发
被唱着歌有点儿激动的寒风
顺便整理成了一个流行款式
考场上近百名的考生
却只一份上交的卷子
就是这架单车的车轮替我写上的

父亲没来
小姑父来了
五十余里的路程
是一辆代表吉祥的飞鸽牌单车
把我送进了改变命运的舞台

2021.5.20 11：40

怀念奶奶

奶奶中年丧夫
拉扯大四个儿女着实艰难
但当有了我和弟弟
我们有了继母
奶奶就又自告奋勇
成了我们的保护伞

奶奶芳名彭信桂
娘家在彭家厂
樟树五队离陆家五队不近
三寸金莲的她回一趟不易
每回一次都得住上个把月
大多时候带上我俩
实在带不了
出门时就反复交代说
宏满，不许虐待两个孩子
回来饶不了你

奶奶带着我们睡
因为我们被打挨骂
常和儿媳儿子理论甚至大吵大闹
在新社会
她已不再是一言九鼎

心疼我们的她
后悔不该支持我们成为
没娘的孩子

由于怕我们受冻挨饿
她总会第一时间在冷言冷语和不待见中
为我们洗锅炒饭
准备食物

奶奶对我们从来都是笑容满面
似观音再世
永远怜爱地看着我们
老人家活了八十八岁
除了偶尔气疼发晕外
一直无病无灾
好人好报
好人长寿
大概形容的就是她
那年，在子孙辈磕头作揖的拜年声里
在孙子赵勇的婚礼上
在后辈麻将和了的欢呼中
她笑着告诫大家别诈和后
安详地睡了过去

我和弟弟绪伦
是奶奶最宠的孩子
只是我们从不叫她奶奶

而是叫她嗲嗲（湘北称呼爷爷的方言）
这和国人把一个伟大女性称作先生
是同一个道理
在我们心中
奶奶就是撑天的大树
与不在世的爷爷没有两样

2021.3.14　15：41

叔恩难忘

叔其实并非真的只有独子
我和弟弟绪伦这两个侄儿
在他心中的地位
一点不比亲儿子差
赵勇，竟排到老三去了

叔叔比我长十五岁
那时他们紧张我
除了喜欢
还有躲下田劳动的成分
叔经常和小姑一起
一人抢一个抱在怀里
于是，我和弟弟绪伦
虽没有父母疼爱
却多了叔叔姑姑的宠怜

叔叔常拿扬叉和掀盘当车当马
我端坐在上面
开到伍家屋场
那是最高光的微服私访

叔叔不仅是我的司机马夫
还是我的启蒙老师

小学五年半
大多是他教的
而且
铅笔钢笔练习本还有学费
全是他节衣缩食省下来的专供

初中如此
高中亦是

七八年高考时
我在考场不经意一侧头
窗外竟有叔叔的身影
他走了十余里赶来现场给我加油
考三天陪了三天

七八年至八〇年
三年我都超过大专或本科录取线
虽说皆因身体原因没有走成
毕竟没有辜负他的期望
后来和他一样先当民办老师
（这与他大有关系）
而后才参军考军校调广州
跳出农门

叔叔退休刚来到广州不久
就不幸染上白血病
可恶的粒细胞

占满了他的血管
血小板和红细胞
被挤得找不见踪影

那几年
只要叔住院
我每日都会坐地铁一小时
到医院陪他
一天也不曾缺席
为了昂贵的医药费
我们拼命筹借
不遗余力
两年后，终究还是没能留住他
换猛药格列卫也不行

走前半天
叔叔打电话给我
说他被人绑架
儿子被人掳去传销
让我马上赶去医院搭救
还出题目问我儿子是谁
验证我的身份
嘴里对我反复念叨
大姑小姑到了哪里
之后
平静地和我商讨火化的事宜
确定回家安葬的地点

他先是没了呼吸
接着没了血压心跳
但攥着我的手
好久才慢慢松开

我知道他的心思
他放心不下婶子
更放心不下儿子赵勇
还有还有
他想说
下辈子
我们不做叔侄
改当父子！

2021.4.11　10：30

继父祭

您那件没上过身的新毛衣说
从没把我当成别人的孩子
就是那件连亲生儿子都没舍得给的毛衣
表明了您的身份
您，不仅仅只是继父

我参军入伍时
您扬了扬到处借来的十元纸币
开玩笑说，就当给娃儿投资啦
我没说话
在那些两元五元的钞票上
有体温和汗味儿混合着怜爱一丝丝窜了出来
我看见母亲抿着嘴笑
我感觉心里好大一片地方有阳光在抚摸

您能有什么多余的心思呢
我们用自己的方式淳朴地靠近彼此
我想了想可期的将来
渴望着您能多陪我们一段日子
想了想您种的那些禾苗和油菜花
甚至想过您暮年坐在花中的样子
却独独忘了想该怎么尽快地报答

三年后的元旦
刚考上军校的我
突然接到您病逝的噩耗
疑似感冒的流行性出血热
让扛惯了小病的您
一转眼就入了膏肓
误诊
不合时宜的转院
使壮年的您英年早逝
您是不是忘了呀
忘了右腿伤残的妻子需要您呵护
忘了您的儿女都还小
四十五岁是一棵大树呀
老实本分
纯朴善良怎么啦
天堂里就这么稀缺好人

为了让妻儿不那么容易见到您想起您
不至于每天都伤心欲绝
您故意躲到猪棚岗　东嘴上
一个人孤单地住在山窝窝里
也许，您更怕您舍不得
舍不得您放在心窝窝里的这个家
和灶孔里那丛忽明忽暗的烟火

在您的坟前
我突然明白

原来血缘并不能说明什么
关键是看愿不愿　做没做某些事情
有没有从心里头
真正地疼一疼
亲一亲

每年大寒
我都会托人为您除草培土
权当是为您理个发型
为您加上一件保暖的毛衣　绒裤
清明节
上坟插青的人
有可能不是我
但住得很远的您
始终站在我注目的雨中

今天，完全可以告慰您了
宏志伯
如今，在我的带领下
您的儿女创业扎根在
首都北京　广东广州　江西樟树　湖南常德
您看看，祖国的四面八方
都在向您鞠躬

2021.5.20　11：20

家乡寄来一袋袋农产品

先珍姐姓傅
是魏业金家的婆姨
坐镇一方
统领菜地竹园山坡
前两天又给我寄来一袋
有机农产品
非转基因的地道的本土货

这都是她起早摸黑
日晒雨淋
一手带大的陆家子民
豆角姓傅　芥菜姓魏
灰色和白色的萝卜们
头上的缨子
长出伍家屋场特有的发型
榨辣椒
白里透红
很有点京剧脸谱的味道

在山坡上摘到捡来的
黄花菜　绿豆菌　五色菇
憨头憨脑的花生
好不容易洗去泥土杂草的地脸皮

先珍姐依次将它们焯水
撒盐的撒盐
像野战医院晾绷带一样
耀武扬威地晒上几天
之后包好扎好
分门别类
编入各个不同的班级

这些没上正规花名册的干货湿货
忐忑不安地来到我家
不怕舟车劳顿
管它顺丰圆通还是申通
搬运工抓到谁是谁
你还别说，这些小步快跑的快递员
服务还真叫周到
又快又称心如意

不过现在气喘吁吁的它们
看上去有些水土不服
不善言辞
湘北乡下没见过大世面的娃娃
听不懂粤语的评价
面对手脚并用的妻子和
兴奋得挑三拣四
打破砂锅问到底
不停采访我的儿子
无论干的和湿的

不屑的脸上
竟生出些许的傲气和自大

而我 则拥住了发小
见到了久违的青梅竹马
如一个趾高气扬的接收大员
打扫战场
一袋袋逐一接见它们
用家乡土话与它们耳语
不厌其烦地摸清它们的前世今生
生辰八字
原材料出生地

那些标签说明
慢慢浮现山坡水田和弓背的人影
鼻孔里一下子贮满了
田垄菜地里的有机肥料
还有紫外线的暖暖气息

这些家乡菜地里成长的班干部科代表们
在逐一登台亮相后
便呼呼大睡
完全不理会我的谈话欲望和富翁步态
冷落了我无休止的好奇心

2020.12.3　16：57

故乡陆家峪纪事（组诗）

灯盏坡

灯盏坡是一个坡
很陡的坡
至于陡成什么样子
我都不敢细说
怕吓着你

它也是一个地名
很有名的那种
记忆中
它应该在我们陆家村口
蹲了上百年
蹲成老 207 国道上的一个关隘
让南来北往的司机一见它
就不由得心生敬畏

由于坡陡弯急
人和车上坡都累得直喘粗气
很难一下子爬上去
加上视野不好
坡下边紧挨的
又是一口很深的水塘

（叫下鼓侧堰　知道吧）
雨天，从凡家铺飞速开过来的车子
不熟悉这个地形
好些车子冲进塘里洗澡
甚至还出过人命

我这么讲
没半点恨这个坡的意思
其实我很感激它的
因为有了它的存在
在梦里
我一下就能找到自己的家

2020.10.17　9：00

描画魏业金的阵地和据点

魏业金是我的发小
从小学到高中
都是打打闹闹的同学
一个生产队居住
靠在一座山的两边

他有多少零花钱
小金库藏在哪儿我都知道
我还认识他的初恋

知道他干过村支书
家里有栋三间两层的别墅
外加一口塘一头牛
有一大片山的橘子树
有半坡的纽荷尔脐橙
三根枇杷一棵枣
两垄苹果柚
猪栏屋旁边那株野生柚
俗称泡子树
水分很足
但也酸得扎实不给人面子

他盘踞在东嘴上好些年了

塘里养了不少胖头雄鱼
白鲫　青鲩　黑鱼
去年五一节我回去时
他投我所好
常用丝网和篾篓捞起不少鳊鲅　河虾
还有黄鳝　泥鳅
他老婆傅先珍姐姐用油一炸酥
那叫一个香啊
香味飘出伍家屋场好远
醺醉了整个刀把五斗丘的谷子

2020.10.16　17：20

赵绪建常帮我干的几种活儿

赵绪建是我刚出五服的家门兄弟
大我十个月
两家相距八百米
其间隔着上大丘　庙五斗
和一个扭得不成样子的弯堰

我们一起从陆家小学混到复兴中学
高中毕业后
前后脚在学校任代课老师
之后民办　之后都想谋个公办
他坚持谋成了
我谋到一多半去了部队
当步兵　放电影
考军校　做军医
之后改行当干事写歪诗

离开家乡久了
老想家乡的味道（好马也爱回头草）
便想方设法折腾他

无核蜜橘　纽荷尔橙子
雁窝菌炸的菌油
雷公屎地衣地脸皮
硬皮菜瓜

扯秆辣椒
只要是老家地里长的
都被他一箱箱快递到了广州
高额的快递费
大多萝卜盘成肉价钱

他很谦虚
总对我说
他不是山珍野味的生产者
只是我长驻陆家的大使
是大自然有机农业的搬运工

2020.10.16　17:10
2020.10.17　8:40 改定

改不改口你说了不算

陆家五队是以前的地名
自从陆家　又兴　铜鼓三村合并后
就改名又兴 27 组了
但喊习惯了总改不了口
我们很固执
一出口仍是这个叫法
很骄傲的样子

其实，这有什么错呢

这么喊又不"犯法"
你说你还能给我安个什么"罪名"
罚款不成？

2020.10.17　8：40

陆家五队最值得骄傲的几件事

我不是吹牛夸海口
陆家五队除了出科学家　出博士
还出诗人　作家
出在首都　混得风生水起的董事长
当然这些都只是个案
最最值得拿出来得瑟的
恐怕是我们这儿盛产书记
村支书　知道吧
别急，我一个个介绍给你听

最早当书记的是宏福伯
从六十年代干到八十年代
很牛吧
之后是赵绪庆
我们叫庆大哥
是从海军退伍的一个班长
很高大英武
第三个叫赵传林

先当民办教师传道授业解惑

接着当乡放映员画漫画写美术字

办冰棒厂

最后当了桃花源居委会的书记

第四个叫魏业金

个子不高

但写一手好字

算术也好

口才一流

第五个是赵绪才

是我同一个祖爷爷的堂弟

澧县一中高中毕业

人聪明不言自明

还有一个不得不说

赵宏广在五队出生后

原地长到二十二岁

倒插门去了隔壁梦溪镇郭塘村做女婿

竟然在那儿也当上了村支书

你说这事怪不怪

应该是我们五队

有这个当领导的红色基因吧

2020.10.17　9：30

等我老了（组诗）

我的愿望

等我老了
我还是想回陆家居住
成为你的邻居
在你的屋旁边
左侧或者右侧
建一栋小楼

想和你一起
种桃花梨枝
摘枇杷柚子
侍弄满山遍野的橘树

累了
我们就在树丛中躺下听风
仰望星空
甚至还可以捉迷藏扔石子
圮小时候没玩够的游戏

很久没发微信给你了
你肯定还记得
中学毕业后

我们一起爬拖拉机到温泉
去一个很远的学校
看大家都喜欢的女神
那时候车很慢
但路却不觉得远

等我老了
走不动了
我们就用回忆的小车代步
做很多我们过去没办完的事

2020.11.3　9：50

假若真有来世

别人以为我写下这个题目
是给爱情找个出口
不知道我是想说
这辈子我从这里出去后
心里一直想着回来
这里山清水秀
烟浓人暖

那时，我们三个
一路小跑
去砍菜拾粪

上学读书
打莲花闹敲三棒鼓
走很远的夜路去看电影
还相邀到隔壁公社友邻大队
帮你相亲
评论好看和不那么好看的女子

那时候，我们不懂天有多高
前方有多远
只知道身边的人和事
免不了辛劳和忧伤

几十年过去了
幸好我们都还活着
我只想走回来
还与你俩为邻做伴
选一处院子
最好有花有树
有狗有猫
关键是你和他
愿与我一道
回到从前

2020.11.3　10：10

我想这样安排生活

如果你不反对
我们三个约好
在南京榜^①的长三斗边上
建一排联体别墅

屋前面
挖一口塘
种藕种菱角
养很多小鱼
还有王八

专门圈一块地
栽向日葵和带刺的玫瑰
在葵花地里
放养不计其数的鸡鸭

也不能忘了垦一片菜园
让豆角　黄瓜　丝瓜　茄子
南瓜　胡萝卜依次站在垄上
尤其是辣椒
得多选几个品种

我们尽量少吃肉
多吃鱼
时不时喝点小酒

沏一壶好茶
在树下边品边聊
侃家长里短

请风来吹拂我们穿过的衣裳
阳光也倾洒在它的上面
这样
我们经历过的事
走过的地方
便一一显现出来

2020.11.3　10：45

那也是我的家庭梦想

李智勇是我的高中同学
铁杆兄弟
他叔父李斌吾
一个当了五年兵的老班长
退伍后当老师
成了陆家小学的校长
我的顶头上司

八一年征兵时
瘦弱的我坚决报了名
但仍没改掉两年来高考上线

体重和身高老不及格的毛病
差 6 斤
无奈何
我跑去智勇开的五一饭店
喝啤酒撑饭菜
也还是没把斤两凑够
好在军地医生高抬贵手
人武部一路绿灯
我才得以穿上军装
上了军校
成为军官
到广州写诗从文

智勇是铜鼓人
铜鼓不是真的有铜
鼓也不是真的那种响鼓
地名而已
与陆家村世代为邻
和睦相处
前些年村改合并
铜鼓与陆家还有又兴
三村合一
我们竟成了一个村子里的伙计

说了半天闲话
现书归正传
斌吾老师现已驾鹤西去

但宅基地还在
老同学说准备回乡
在它上面建个宅子
听听赵家峪水库的鲤鱼板子声
（鲤鱼产卵时闹出的动静）
看水库里的碧波自由晃荡
喝点毫不逊色有机山泉的水库水
泡点西双版纳的古树茶
他反复说
你不要住在南京榜的联体别墅里一动
不动
要走路来铜鼓
来赵家峪水库
进李氏四合院
陪我喝酒喝茶
吃鱼抓虾

这日子多好啊
眼看就要来了

2020.11.4　9：10

有人想组建四人团

听说我想回乡建别墅
造终南山

老同学兼老战友王国梁坐不住了
积极报名
问能否组建四人团
说这样方便摆龙门阵
组牌局
连喝酒猜拳也会热闹尽兴不少
反正理由一大堆
我看这提议不错
也没道理反对

他还设想
春节过年的门联对子由诗人我创作
他的字好
他来写毛笔字
而后交给业金和绪建
他俩负责贴在门上

我说好
四个人都说好
为了防止有人反悔
我们专门建了微信群
在群里还特意拉了钩
讨论了活动方案
策划了一系列可圈可点也可行的
工作愿景

2020.11.3 9：39

注：①南京榜为地名，位居陆家五队与陆家四队交界处。

访问故乡

这安静的村庄
我无缘久居长住
打量的那几眼
用了一眶咸咸的泪水

这不仅仅是路过
族谱里
我端坐一隅
从前是小篆
而今是仿宋小楷
连服饰与头饰
也随之悄然转换

只有那架山那根路那口塘
缓缓地伸着懒腰
偶尔做个指甲
贴上鲜活的面膜

多么亲切的山里村庄
怎么就成了我的故乡

2020.12.22　11：45

多　想

在你的眉腰上
时不时走上几步

牛的邀请函
远不及狗的迎候亲哩
缠绵的炊烟
分不清远近的树
先来吵着后到
亦步亦趋的我
总是走不稳儿时的沟坎

站在橘园和菜地跟前
同水塘与屋舍一一话别
满园肃立的竹
分明想拉我的手
牵我的衣角

我也想回来时春暖花开
然冬雨早至
寒冷的路上
霜花初现
只不过
风不忍冻僵关切的眼

冻住包里的土味和芳香

细雨知道
我是回乡人
又是离乡者
一阵风让叶动草伏
陆家村于我
是故土埋人的课本

2020.12.22　15：27

故 乡

这里长水稻
长红薯土豆
（俗称苕和洋芋）
长一朵挨着一朵的棉花
山，长成丘陵的样子
松树不高也不壮
一些橘子树
趁机占领了你的地盘

这里可以为先人起房子
每个土堆前面
都特地安上门窗
说是方便阳光进来
空气进出
还可以让后人送饭上供
看清长辈慈祥的模样

这里有无拘无束的童年
水牛黄牛蹄印规则
粪便错落有致
有下蛋的鸡看门的狗
会抓也肯抓老鼠的老猫
不胜枚举

虽够不上金山银山

却也水秀山清

炊烟祥和

关键是

允许我落叶归根

2020.11.27　10∶35

陆家小学

小学蹲在一个坡上
坡下是七队的农田
适合下种
左边常伴有东升的太阳
一条伸得老长的公路
方便孩子一蹦一跳地上学放学
只是路上没铺水泥
没涂沥青
鹅卵石
也挨得不够紧
坑坑洼洼
承载了许多的不如意

学校有五间教室
坐着五个年级的孩子
六个老师
其中一个是斌吾校长
不用当班主任

校舍背后
是学农基地
有杉树抱团竖着
还有很多无主老坟

一些间垄的黄花
面黄肌瘦地站着
不值钱也不热闹

我们那时大多属于民办
被唤作赤脚老师
寒暑假一般不住这里
双抢知道吗
农历六月
得在另一个田里忙活

如今坡在
学校已不见踪影
孩子们逐渐长大
且愈来愈少
老师和孩子们
都集中到了另一个
离家很远的地方

2020.11.27 11：20

乡路小景

多幸运，这条路是我童年走过的
留有许多蚯蚓还有蚂蚁驻扎的城堡
田里布满青蛙的帐篷
黄鳝和泥鳅修建的隧道
艺术　夸张且有深意
我的鞋
当然有时脚丫直接就接见了你
你呢，窄就大胆地窄
宽又放肆地宽
冷不丁还开上一个不那么规则的口子
像极了一道测试胆量的考题
害我从小练就非凡的跨越本领
弹跳的张力

路边那些毛茸茸的草
总扮作鲜嫩欲滴的样子
初升的太阳拂过你和它们的脸
反光的路面
时而哭成玻璃
时而笑成水晶
有时又调皮地换上油画的表情
不可一世的脚趾
跳跃着一笔再加上一笔

画出一群膨胀的心

2021.1.2　12：39

往事沉重

你去的地方
恰好我也想去
那是个能把雪下得不成样子的地方
许多的房子都没敢超过两层
怕星星和月光不方便串门造访

我站在屋旁有些年长的樟树底下
怀念我害怕虫蛀的课本
那是个有些不见阳光的雾天
忆起的往事更是阴冷

你来时一定不明就里
我真的说不出故事的细节
苦了涩了痛了
都会折磨眼睛和玻璃做的心

2021.1.3

在田埂上奔跑

早就与青蛙和蜻蜓约好的
在田埂上追逐
那些稻子　田螺
还有蚂蚱
十分惊讶地望着我们
分明是海陆空嘛
像一场立体战争的演习

行动是黄昏时刻
晚风如鼓
我们在田野上集结待命
跃跃欲试

不宽不直也不平坦的田埂
跑道已准备就绪
跳跃的是泥土的芬芳
追逐自由的是未老的少年

2020.8.5

三十年后重登百步蹬

大岩嘴水库的水
沿人工河一路蜿蜒而来
在我的家乡
陆家峪与万松交界处
使劲咬开合垅铺

好大的一个豁口
一百一二十级又险又陡的台阶
相向而立
百步蹬这个名字
由此而来

今有前辈堂叔樊友清
有兄长庆大哥
有玩泥捉虾的发小业金 绪建
陪我
五人小组
去百步蹬踏青
走二十年前常走的路
看如今已回不去的景致

水还是按过去那个样子在流
只是沟渠加了盖子

密封的水泥道路
成了驾校的训练营
水，在这段不见天日的行程里
以地下河的姿势
依依不舍地羞涩东去

坡上的红檵木
红得像新娘的嫁衣
树大园林
早在坡上建好了城堡
玫瑰，一朵朵散居着
若即若离又相偎相依
我们
先学她们颔首
之后便不约而同开始放肆地笑
花瓣也跟着层层叠叠地张开
如同我们脸上的鱼尾纹
一半是怪我们太开心
一半是怪岁月的风太深情

2020.10.15

想对你说句感恩的话

百步蹬
有一个念头在心里很久了
我总想当面对着你
说句感恩的话

你是个取之不尽的园子
我不曾耕耘，只问收获
坡地上
有猪吃的蒿草
有人煮饭炒菜的柴火
我一天天风雨无阻地跑来
装满我的淘篓
压沉我的双肩
只为了换回一天一顿的饭食

于是这儿便成了我的粮仓我的福地
我赖以活命的土壤
两片半边的山坡
一渠源源不断的水
似猪槽
又有些像锅像碗
我从这里
取到了年少的口粮

过去打猪草识得的植物
今天在城市的餐桌逐一见面
马齿苋红薯叶苦苦菜
连那些叫花子才敢吃的
蛇 乌龟 黄鳝 泥鳅
也成了美味的稀罕物
山珍野味
也就都有了好听的学名

下里巴人
成了阳春白雪
人和畜
调换了主宾
只是人类
多了选择的权利

回到乡下
竟有点不好意思
点特意赶回来想吃的美味

2020.10.16

抄近路重访大雁洼

我一下子看不到你
看不到大雁洼的刘海
打算抄近路来
尽快立马立刻马上回到那个时候
撞疼你的怀抱

那是我儿时赤脚放牛的地方
是感知新鲜牛粪温暖如炭的日子
大雁洼坡长路远
版面大
牛可选择的食草多　种类全

一路上我努力寻找我的脚印
长有冻疮的一双脚丫
留下的
虽小却坚定的化石

这之间隔着一条峪好几架山
像从少年走到青年壮年乃至老年
一样费力而且不易
不平坦不端直的路
时高时低
起伏蜿蜒不定

踩巴巴堰的边边
超越浣水渠头部
蹚过染家大堰的蛮腰
跋山涉水间
演一部穿越剧
人物依次闪现
故事纷至沓来
与皮影戏连环画一般无二

我已经站上大雁洼了
问山，我放的牛如今何在
山答非所问
还说是牛放的我

抄近路去看你
大雁洼无雁也无语
人生有近路吗
一晃一眨眼
一辈子就已到头

2020.12.22　16∶07

赶鸡斗鸭记

那时你还是一个孩子
那时还兴叫生产队
你的父亲
是生产队长

农历六月农忙时的抢收抢插
俗称"双抢"
发育不良有些瘦小的你
干不了太重的活
但后母又不可能让你只食不做
于是父亲以权谋私
为你谋到一份既轻松
又可以拿妇女工分的工种

赶鸡赶鸭
任务无非是防止私人的家禽
踩食公家稻田里的谷子
全队的两个峪几个山弯
都是你的辖区你的防守阵地
所有欲往稻田觅食的鸡鸭
便成了你的对手你的敌人
你有点小帅小酷
还有点小拽小得意

神气得不要不要的
蓬发随风变幻
破衫张扬飞舞
脚步呢轻快如风
你如一只快乐自由的出笼小鸟
心情大好

那时候你是如此地威风凛凛
似帝王元帅般主宰一切
打算追它们多远，重点驱赶哪一群
何时何地发起战役
全在你一念之间
你就是这个时空频道的主播
儿时的所有不幸与不快
已然云散烟消

你会不时地喝一口堰塘"生"水
拿石子吓一吓小鱼
一路上还会抽空背一背元素周期表
再记一记阿基米德定律
最后巩固巩固能量守恒
背诵古诗词或者课文时
既可以摇头晃脑
又可以用竹竿指东打西

交战久了
鸡鸭们一见到你

都乖乖地退守到院子里
讨好地向你示意
希望你莫当那猛追穷寇的将军

2021.3.14 15∶00

景物记（组诗）

小东江读鱼

我一筷子就夹疼了小东江

认识小东江
得从一条鱼开始
喜欢它的白
它的欢
它灵动的妩媚

你的理解
你的注目
是风的花　雨的瓣
当然，一步一回头的
不只是鱼
还有台阶上的你

你走后
它习惯了看云
也看橘

2021.5.11

橘子洲

几百上千年的等
只为那个人的到来

陪你的
有鸟有鱼
有过往的船只
飘飘的，聚拢又散的云烟

那些戏沙击水的游客
那些伴侣
同学
直至一个人
从冲里走来

听恩爱的鸟语
看相拥的浪花
沙，也不知不觉抱在一起
只是，一洲的板仓橘
该选哪一颗甜

2021.5.12 7∶30

柳叶湖

长成一片柳叶
并不是你的初衷
乳名朗州，字西洞庭
该是会忧的荷花
操心的莲藕

怪二月的风
怪燕子时不时捎信
你不得不长在堤上
卧在水里

刘司马来过
但不是为了《陋室铭》的腹稿
范公未至
却描了你的堂亲
离汨罗不远的是泪是酒吗
只道，离春天很近的
是长柳叶眉的你

2021.5.14   18：12

桃花源

弄不清你为啥种那么多桃林
食之不竭
赏之不尽
害天下人齐齐染上疫情

几千年下来
你继续笑着春风
我
还是书生举子的模样
望一眼长安
嗅一嗅你
梦中的花仙
扯着我，不肯醒来

陶翁不在
菊也少来
只剩泛滥的桃红
悄悄递给我
千年的花讯和
救命的药丸

2021.5.15

停弦渡

不去修梅
也不去杉板杨板
只选择停弦渡
站在你的面前

此刻，吸引司马相如的
还是卓文君的衣衫
你两岸的风情
总有佳人的款款
于是琴也顾不上弹了
只注目制陶的岸

心真想静如止水
然陶里满是鱼虾雀跃
莲荷　翠柳　花枝
是那么的活灵活现
而且，陶里大珠小珠的私语
老萦绕在人的耳边

2021.5.17

战地黄花

生命中那个曾经的家，没了

围着英歌山跑步的风，没了
盘旋在赤岗头上的号音歌声，没了
风雨中夜色里雷打不动的哨位，也没了
砖没了
瓦没了
墙和门窗没了
刺杀声
已悄然远去
一个老兵的魂
丢了
再也找不见了
问普宁，不语
问英歌山，无言
默默含泪的赤岗
形单影只

我只是万绿丛中的一片桉叶
我管不了 55 一个军
也管不了 163 帅
连 488 团也管不了
但我的三营
那个让中外敌人闻风丧胆
屁滚尿流 片甲无存的

能攻善守英雄营
我的八连我得找啊
可在这儿再也找不到了
连一点痕迹也没有留下
那一刻
我在哪儿出生的
出生证不见了
身份证户口本丢了
我的第二故乡
完全彻底蒸发了

班长冯金端找我谈心的菜地不见了
去服务社寄信照相购物的小路不见了
到三炮连串门
分享老乡李小平情书的那棵树不见了
和谢圣云探讨数学题
迎考军校的小山包不见了
接待二营同乡战友王国梁龙敏生
共坐赏月的靶场小石凳不见了

打完那一仗你搬去哪儿了
不留电话不留微信没有 QQ
四十年之后我回来苦苦寻觅
找我的出生证明我的户口本
找我的铺位食堂晾衣架
找我生命中那个曾经的家
找我赖在这儿不停转圈

怎么也不肯返乡的魂

2020.12.10 10：01

家的模样

黄色　单层　平顶
成排成列
身高高度一致
三五排一个系列
那是标配
那款式
分明就是一个小平头
我们四十年前留的那种发型

一般是一个营
不是闹独立
是各自镇守一个方位
院落里大多盘踞三五个连
住五百个铁塔一般的汉子
有五百个可以喊破天的嗓门
装一千只走路能砸坑的脚板
投弹挥臂　引体向上　俯卧撑
仰卧起坐
每晚四个一百的固定节目
都在这间房里上演

按图行进
新老兵俗称找点

游泳不叫游泳
唤作武装泅渡
早上起床来个五公里
我们叫活动活动身子

最有意思的
当然是行军拉练和实弹射击
这些虽然出了营区
但都走不远
而且，没几天还会回来
不像如今
出来几十年
想回回不去

一个老兵心中的家
永远待在原地
梦中每来一趟
都要与相册的照片做个比较
想清楚它的模样

站岗巡逻
单兵战术百米障碍
老兵梦里的程序
是灵魂的分解与连贯动作

2020.12.10　14：12

军电影队的素描插图（组诗）

电影队营房及人员布防图

电影队很潇洒地呈品字形布局
俱乐部　放映楼　礼堂
三角鼎立
五个人三栋楼
分工合作
来回走动
那是我们的阵地和据点
是我们的青春痘和美人痣

八二年的秋天
请毕益生　李小明　秦波　赵绪奎四条汉子
集合在凤山军营放映楼前
来自河北唐山
来自湖北武汉
还有江西高安和
湖南常德
四把土　四滴水
尽管地头不同流域各异
队长章仕泉有的是办法
揉面　泥塑
按条令依队规

把我们塑成根雕 盆景
堆成英气逼人的群像

电影队有多种门类各个兵种
播音员 号手
图书馆管理员
电影放映员
会场布置者
广告设计师
音响师
书法美术工作者
幻灯片制作家
各种角色轮流转换
A角B角交替登场
既有棱有角
又整齐划一
拳头 对
就是一个五指紧握的拳头
一座挺拔的五指山

当然
我们除了原地防御
偶尔也会主动山击
凤山招待所
141医院
还有高厝堂 春光旅社
时不时客串一下的我们

常常打一枪换一个地方
来一段军营版的少年游

这样的四条汉子，酷酷的四坨小鲜肉
连当时正准备退伍的女兵姐姐
吴玉兰和李金娥都感叹
这几个帅气的兵哥哥
一点都不比她们牺牲的烈士哥哥逊色

2021.6.26　7∶10

电影放映机的素描草稿

8.75 毫米
16 毫米
35 毫米
几种大小不一的机型
不是玩具
是你的装甲战车　枪支炮塔
手中运用自如的武器

提包机　解放 103A　你提得少
放得也不多
座机　你侍弄过
还把它作为主打乐器
松花江 5501 是吧

最难最热但你一点没怵过它
炭精棒　氙灯
光源的种类更迭
让你成为放焰花的高手
五颜六色五彩缤纷
还真不是瞎吹自擂

其实，你就是拥有外公基因的皮影专家
就是现如今时尚得了不得的动漫设计师
银幕上上演的
正是你心中自己的样子
或是你立志要成为的人物！

2021.6.26　7：50

放映前的预备动作

借你一双巧手
不是缝衣
不是纳鞋
也不是挑花绣朵
邢段电影胶片
有的像伤口有些有裂痕
我裁剪得不仅笔直而且美观
像兵妹妹你的作品
当然，我会很认真地用刀片刮削一阵

你非要称作美容也行
说是卯榫也不全对
总之
让薄薄的两片嘴唇贴起来的
既不是口水也不是泪水和汗水
丙酮接片胶水
有握手的神力
加上吹气如兰
晾干
粘紧的胶片便跃跃欲试了

那个倒带和检片的过程
如青葱岁月在缓缓穿越
两枚紧捏的手指肚
把时光的体温
深情地测量和抚摸了一遍

有人在这里爱用一个成语
唤作刻骨铭心

2021.6.26　23：16

冰棍帖

放映室是热能装置核反应堆
那个叫松花江的根本不是江

是两架烫死人的电影放映机的芳名
5501 型
光源靠的是炭精棒的燃烧
几百上千度的高温
咬伤小鲜肉　小男神的手指
是常事
反反复复　不可避免不说
一会儿痊愈一会儿复发
这是个痛并快乐着的过程
时不时就来揭一下你的伤疤
我猜想　应该是发行站派下来的影片
早串通好的

这个先按下暂且不表
有点跑题了
我最想展开的是冰棍帖
55 军电影队有个传统
有一项雷打不动的福利
放一场电影就能领一桶冰棍
潮安军部竹杆山下的韩江堤边
住着一栋军人服务社
里面的军嫂视我们为老主顾
每当影讯发布
那桶老冰棍早就替我们装备好了
等着我们去拿
保温桶站在那儿
像极了谍战片里的情报道具

待我们含到嘴里
那种一路滑行的透心凉哦
怎一个爽字形容
你还别说
真比银幕上的故事情节
精彩得不是一丁点儿

2021.6.26　8：50

那些日子我们无所不能

那些日子我们神出鬼没
用油漆在墙上写字涂鸦
那些个生动帅气的符号
一会儿像红色根据地的标语
一会儿成为指战员行军冲锋的口号

挂在大礼堂美得想自拍的会标
看不出一点美术字用刀片刻划的痕迹
也没发现大头针藏进去后的身影
那是我们心灵手巧的证据
一不小心
就成了一个会场庄严的装饰
成为将军士兵争先恐后留影的背景
此后

成为这个军几个月乃至一年的战斗号令
作为始作俑者
我们
想不得意想不陶醉都不行

差点忘了晚上电影放映前的幻灯片
绘制的过程就忽略不表了
走在玻璃片上广告粉上跳舞
一点也不轻松
反着写字反着画画
没点真本事还真不行

这方面小明和老毕是专家
连环画一幅接着一幅
仿宋字美出瘦金体
既生动有趣满满正能量
鼓动性大了去了
完全赶得上一支宣传队一个文工团
我和秦波呢
跟屁虫似的在后面紧跟着
只用了不到一年
也出息得有板有眼
长成了老兵的样子

2021.7.8　7：39

钓　趣

那不是茅房
是一个水上城堡
趴在大院里放映楼隔壁的它
有些低调
进进出出的老毕小明秦波和我
常去那里赴约
开始纯粹只是为了新陈代谢

一日突发奇想
我和小明秦波扮成了捕俘手
想要活捉的俘虏
是蹲坑下面不用预约的鱼
草鱼和白鲫们
似乎记得我们的课程表
望穿秋水的它们
完全没有防备意识

我们的武器很简陋
一双筷子
一根丝线
一条鱼钩
外加半截蚯蚓
一小坨早餐省下的馒头

不用打窝子

我们的脚步声和谈话声
就是见面的暗语和集结号
放下去请上来一条
再放下去又请上来一条
只是战利品不能马上食用
起码得养上一周
得嘱咐它吐净肚子里的污泥浊水
这个过程
它们惶恐地吐故纳新
我们开心地观察生活

好景不长
事不过三
我们的战斗方案
不幸被承包部队鱼塘的人
逮个正着
他会背三大纪律八项注意
提醒我们说
革命军人不能拿群众的一针一线
的确
鱼比针线大太多了
问题的严重性不言而喻

自此之后
我们与塘里世界握手言和
和睦相处
妥妥的友军关系

最后说明
整个活动只是为了招待
141 野战医院总机班的女兵
同时也为队里的退伍女兵送行
我不是这个战斗方案的制定者
连始作俑者都不是
至于是谁操的刀
我真的不方便说
谁都知道
但凡告密者
名声都不好听
下场也不那么好

2021.7.12　8：16

说好月夜不梦你

我以为今夜不会想到你
不会想到中越边境
以为庭毫山　炮台山　巴恩山睡了
以为岳圩　龙邦　那岭　孟麻　平孟
正在小憩
以为靖西和那坡故意不给微信
让我难得患上一次失忆

可月亮不懂事
低情商的她
说来就来
有董文华唱圆的
有我们唱缺的
依次走过我的床前

月色里
你还是那么美
那么年轻
一身白大褂掩不住绿军装的妩媚
我牵着你的手
数分不清国籍的星星
追叛国的萤火虫
连蛙声也变了

粤语的
壮腔的
似乎都在欢迎和祝福我们
笑话边防师里的军医护士

今夜的风
好腻人
我都不知道月亮爬到了哪里

2020.9.17　20：00

规划设计上甘岭

好想知道
上甘岭山肚子里的坑道
还健不健在
通风不
潮湿否

硝烟味
汗水味 血腥味浓不浓
散了没
那颗传来传去的苹果
有没有发芽
长没长成苹果树苹果林
我在想
如果真的果树成林
一定会让 20 世纪交战的双方
化敌为友
成为早出晚归 谈笑风生的果农

而且 也一定能让七十年前被
炮弹削矮两米的 537.7 高地
增高不少
恢复到先前原有的海拔
当然，这里必须得挖一眼泉

名字必须叫上甘泉
肯定是在嘴里甜　心里也甜
让全世界都一致认为非常甜的那种

好想去看看那些个弹坑
想知道它们七十年后是个什么样子
圆不圆
深不深
规不规则
我猜想
它们应该很适合和方便种树
除前面提到的苹果
可以种密密麻麻的金达莱
层林尽染的风景树
种庄严肃穆　郁郁葱葱的苍松翠柏
种万年青
而那些逝去的勇士
那些有名或无名的骨殖
是山的经纬
是地图的网格
是泉眼和果林金色的栅栏

2020.10.28

二连的柚子树

二连驻地
周围是山
很高很挤的石头山
若没有植被
一不安全
二怕辐射
夏天奇热
冬天又不保暖

于是想到了柚子
是很早的戍边人想到的
具体是谁
功臣已查无出处
反正
树长得茂盛
满满的一大院子

先是一排二排
后来三排四排
再后来是连卫生室
炊事班 厨房 司务长宿舍
连队家属楼
全都屁颠屁颠成了它麾下的部落

遮得严严实实

除了连部和义娱活动室
以及院墙边挺壮观的鱼塘
它实在没法管辖
才不了了之

柚子很甜也很美观
个大肉嫩
成熟的季节也很讨喜
每年中秋节还有老兵退伍
正是收获季节
家属来队了
也是个招待
当然
偶尔还会送送友邻单位
旁边的武警边防工作站
岳圩邮局　卫生院　乡镇干部
还有团机关的笔杆子
连队只有百十号人
也确实吃不完嘛

每次走在二连院子里
往往分不清东南西北
满眼都是这些果树
让人闹不清在军营
还是果园

以前是在中越边境
现如今换作是在梦里
恍惚中
自己就是那枚果子
风一吹
心扯得生疼生疼

2020.11.10　9∶15

为什么赤岗铭心刻骨

14 路公交车站有个路口
唤作赤岗让人铭心刻骨

那时的赤岗偏僻简陋
躲在河南的海珠尽头
紧挨海军基地大院
农田村舍环绕左右

那时的学校不叫医高专
军医学校卫校改了又改
医生　护士　司药　放射和检验
各种专业应有尽有

那时男女生不让讲话
最多是在实验室设备使用登记上
写个名号
到此一游
图书馆抢先放上书包
霸个座位指望挨着花朵
看电影拉歌上课走队列
使劲喊个番号算是交流
最奇怪是一个专业要么全男
要么全女

极个别的班才有幸男女同读

二年的日了说长也短
值得记忆的事还真挺多
军医班分配几乎全去边防
只剩五个在校留守

那里的课室很大很大
（阶梯教室大得像个穹庐）
那里的宿舍三层小楼
挖鱼塘时雄姿英发
挑粪种菜　晃晃悠悠
那里的操场热火朝天
那里的菜地绿得冒油
忘不了
校运会上咬牙坚持
阅兵场上那个潇洒的排头
还有那
可怕的解剖　渴望的实习
日里梦里
稍一用力就回到了那个时候

那里都是我的同学
尽管时常为夺名次面红耳赤
争先恐后
那里全是我的战友
铁得已经没法描述

情同手足
三年一个锅里吃饭喝汤
一个澡堂洗澡漱口
上下铺的兄弟
流着泪依依不舍分头而走
一步一步三次回头

我的赤岗为什么铭心刻骨
那是护士六队的共建点一十四路
学校附属医院一九七
现如今依旧站在那个路口
我们也笨笨地围在花的四周

那时候自以为已长成一棵大树
可周围的人还是坚持把你
看成花的骨朵

2020.11.18　22：18

寻找江村的江高

从赤岗经三元里过新市
江村里住着一七七
那可是全军伙食最好的医院呢
这话说出来
至今都让我浑身透着自豪与甜蜜
口舌生津懂吗
这个词描述的就是这里

（手术超时误餐了
三元钱的补助
会让你面前的小炒清香扑鼻）

二班
军医一队的二班
十条有型有样的汉子
傻傻的医学生来这里实习

内科外科
妇儿五官
八个月得轮过一遍
搞一次上岗前的培训脱胎换骨
等毕业
就成为火线上救死扶伤的军医

成为战士心中起死回生的
白衣天使

学广州话客家话潮汕话那么努力
为的是与病人方便交流
细问病史采写病历
看电影也张着一只耳朵
生怕漏掉科室的广播
来新病号了
得
马上跑回科室
问　检查　写
为的是表现好了
带教老师才会让你上手术台当助手
遇上小的简单的
还会让你主刀
秀一回扁鹊华佗的手艺

看见自己的病历正式挂上病历架
成为医案进入档案室
自己开的处方
（不过名字得跟在老师的后面
用一条斜线作为标记）
有漂亮的护士姐姐去执行
（那可是军中个顶个的花木兰呀）
你说，我该不该得意洋洋？

如今的江村江高镇还在
院外的铁路也在喘气
三十五年前十个常在这里溜达的医学生
已天南地北
各奔东西
不过
这里还真是个熔炉呢
十个毛头小伙里
出了三个正高 教授 副军职

2020.11.19 8：10

在战场上与你相遇

也许这不是你们常走的那条路
那一条远比这泥泞崎岖
这也不是你们当年修筑的坑道工事
岁月让山川翻了好几个身子
你们的足迹千山万水
踏遍了油麻黄旗
它们串起来
还真像一条长城的样子

天上云朵的造型
一会儿像你背上的棉被
一会儿像你身上的军衣
那片镶金的彩霞
是你染血的绷带沾泥的绑腿

此刻，我们头顶洒满炙热的阳光
全身浸透汗水
林间的松涛
宛如此起彼伏永不消逝的杀敌进行曲
山谷的风
飘来野花的细语
一堂特殊的党课
我们是演员是实习生

更是出征的战士

走一走你们的路
问一问可曾漏掉和遗忘
先烈的遗志
访一访山间
是否埋没了东纵勇士的足迹

碑前黄色的秋菊
开出深情的承诺和仰慕
跳出口袋　散落一地的香烟
代表了无限的怀念
不尽的哀思

我甚至还在设想
会不会在山间路上
我和你们不期而遇
那时，你望着似曾相识的我
我望着久未谋面的你
七八十年的时间已不短了
可这一支队伍
为什么颜色依然相同
不变的口令
还是我们一直使用的入党誓词

2020.9.13

发表于《芙蓉》2021 年第 4 期

一支队伍爬上山

一支队伍
行走在大山
一个支部
齐刷刷八名党员

这是八支永不卡壳的枪支
这是八根不曾歪倒的旗杆
一根来自江西井冈
一根来自湖北红安
一根来自广州起义
一根哟，来自秋收的湖南

他们的身板
是山的影子
他们的脚下
印着初心与使命的图案

这支队伍
叫作文联
山路上的他们
走着一条
百年千年永不褪色永不变质的路线

2020.9.13

为一百年喝彩

站在时代的交汇点上
我要向两个伟大的时间致敬

那是一个值得骄傲的整数
一百年
好像不仅仅代表一种悠久
一种坚持
一种执着
当然也代表成熟
代表蓬勃旺盛历久弥新的生命力

我们把两个数字很自然地放在一起
讨论它们的因果关系
还别说
它们之间还真的掰扯不清
那是一个水乳交融　血肉相连的共同体

从哪个角度看
你都是一个吉祥圆满的代名词

2021.3.10　10：20

发表于《芙蓉》2021 年第 4 期

在白石岗怀念你们

我所知道的广州起义
有你的身影
我仿佛看到了那飞驰的黄包车
分明就是一辆辆火力威猛的装甲车队
你们七个人
是这支英雄进行曲中的七个音符
哆唻咪发嗦啦西
正好一个音阶
飘动的红布条
以及你们脖子上沾染的红色
是曲子中最为壮烈最为华美的装饰音

你们车上运送的武器
不只是简单的大刀长矛汉阳造
不仅仅张太雷苏兆征用过
红军八路军新四军用过
解放军志愿军也用过
只要是子弟兵都会爱不释手
那是一杆杆听党指挥的枪啊
杀白匪汉奸
打日本鬼子美国佬的枪
是夺取一个又一个胜利的锐利武器

你们七个人
拉黄包车的七个兄弟
从福升货栈
一不小心拉出来一个武装斗争
这个我党克敌制胜的法宝
拉出来我党在中心城市建立的
第一个苏维埃政权
激战了三天
也存在了三天
真正的改天换地
惊天地泣鬼神的三天

那时，不管三七二十一
你们拉着车就走
你跑着跑着
不知疲倦不畏生死地跑着
一直跑进我们的心里

你们分明就是散落一地的七粒种子
是星火燎原
愈挫愈勇的种子
百折不挠
浴火重生的种子
是赴汤蹈火
勇于献身的一种红色基因

梦里有人对我形容说

你们在白石岗合住的衣冠冢
犹如一枚孕育崭新世界的巨型蛋卵
那系着红布条的黄包车
原本就是喷薄欲出
黄里泛红
红里透黄的朝阳雏形

我在现场发现
白石岗冰冷的地底下
你们紧紧地拥抱在一起
宛如一颗躁动得有些迫不及待的核
随时准备捧上破茧而出的生命

2021.3.19 20：40 初稿
2021.3.20 6：09 改定

发表于《芙蓉》2021 年第 4 期

扯旗山

青山有幸埋忠骨
扯旗山　因你们的到来
苍翠葱茏　高贵圣洁
那些名字
那些依次列队
紧攥拳头的名字
染就军旗上鲜活无比的血色
长成国旗上生动活泼的星星

你们手拉手
合力扯起一面团结的旗
战无不胜的旗
就是那面万山群岛海战中
以少胜多
以弱胜强的遍体鳞伤的旗
就是那面鏖战七十一个昼夜
由299个烈士的鲜血泼染的旗
在林文虎团长也叫林副大队长手中
传递的
冲锋陷阵的
所向披靡的旗

此刻，你们在这座山上

不论躺着还是站着
不论断腿或是断臂
甚至双目失明胸腹洞穿
依旧拼尽全力举着　扯着那旗
猩红的　猎猎招展的
几十年几百上千年
不倒的旗

2021.3.18　10：36

我是党派过来的

无论在哪
你都是火把
是凝聚力
高新兴
自从有了亲人主心骨
大家当然会高兴不已

你也是阳光
是炭火
是源源不断的战斗力
中小企业能干大事
从事伟大事业的你
就是湾区铁军的排头兵　敢死队　独立师

这是我最熟悉的背影
这是我最熟悉的你
我知道这就是你
这才是你

胸前的党徽
是求战的血书
是不变的信仰

是猎猎飘扬的战旗
你亮出的身份
是那么的与众不同
那是荣誉　责任啊
是标杆　楷模
是随我走
跟我上
向我看齐
我是黄国兴
我是刘莹莹
我是郑彩丽
我们是党派到高新兴来的
政委　党代表
是一块块闪闪发光的磨刀石

群星闪耀的我们
此刻，在民企中间
宛若一颗颗热力四射的种子
不仅在联和破土
在湾区
连几千里外的山川河流
只要是智能网联　轨道交通
就有你冲锋陷阵的英姿

我们就是星火燎原的种子
是万山红遍的前提
一三三

那是军队的建制呀
铁军的队伍
一定会所向披靡

2021.4.1

往事如烟

白 露

你不在
我白露了一下头

临秋的长沙
长堤上满是长裙
你忽隐忽现
我从遥远的广州寻来
只为你白色的来苏

秋分刚走
芳华正浓
你在路口临风
那笑不露齿的酒窝
是矜持的花朵

白露很久了
你还没来
南方的宝马香车
等老了牵缰的手

2020.9.23 于地铁

手拉手的画面

山脚下　安排一间房子
通风向阳　只住我和你

安排好　一片水域
只住　两只天鹅

列个作息表　我和你
每天去观察　模仿它们的样子
追随　私语　对望　尽管我们
不会飞　不会熟练悠闲地戏水

但手指扣得应该比它们紧
手心渗出的汗不比塘浅
目光也一定比它们深情

那场景　不是一个早晨
不只一场雨后
也不单是一个黄昏
几十年下来　季节缓慢更替

它们无须换衣衫　我们天天换
只是那双手　一直牵着

2020.10.28

看上去不那么旧的信

很有些年头了
地址　邮编　邮戳
都已物是人非
里面的人躲躲闪闪
想说的话
在信口里支支吾吾

看上去不那么旧的信
恍若隔世的画作
自己是主角吗
是作者吗
疑惑中
那场景　那心情
无法复制

只是觉得
墨迹　血迹　汗迹来过
心尖上走过
肯头上烙过
面前少不了老出现一些不同的人影
有的模糊
有的清晰
高大的　瘦小的

成群结队

周而复始

2020.11.25　16：17

你告诉我的事

你告诉我
秋天过后霜雪就会降临
地米菜不会再一朵一朵
它会藏进土肚子里
等来年花花绿绿的叶
欢呼雀跃的春水

你告诉我
才子佳人大多是男左女右
夜里敲着的
一阵紧过一阵的鼓点
快不过走在阳光里的家禽
还说山盟往往连着海誓
劫后一般都会跟有重逢
熬尽了苦
甘也就到了
还不只单薄地来

肯定会有一个合适的情节
让男女主人公走上山坡
再安排一个温暖的桥段
诸如父母爱怜的眼神
住在我的梦里

2020.11.25　14：50

旧相册里看到的灿烂星空

那是一本有些历史的古董
灰色　发黄
粘贴的胶膜
已有些力不从心

你站在角落里
笑容满面
青春得无法掩饰
孤傲　自信
从帽檐和衣角
阵阵袭来

那时的你　你们　还有我
是那么的活力四射
如灿烂的
含苞欲放的烟花

不同的场景
依次更替
仿佛一幕幕切换的悲喜剧
既那么理所当然
细想处
又有些撕心裂肺

那时，我们都很少注意脚下
想当然地只看远方
自觉不自觉地仰望星空
灿烂的愿景
让我们不顾一切
往往到头来
大多是不知所措

直到人老了
照片跟着旧了
才知道
星星也是可以坐下来的
除了啰里啰唆的故事
还有血肉连着的
生死交情

2020.10.30　16：10

那时候

那时候
一户人家只能栽一苑南瓜
养一只鸡
下的蛋不吃
用来换煤油也换盐

那时候
一家养两头猪
一头过百的交国家
另一头大年三十还在拼命壮的
叫年猪
但不那么保险

那时候
时兴用粮票布票猪肉票
油更是稀罕物
在锅里常常只是来转个圈圈

那时候
娃儿读书不怎么花钱
学杂费一期五毛
不用接送
也不供应午餐

那时候
学费大多靠孩子自己挣
捉蜈蚣挖麦冬
捡木籽晒金银花
春节拿着莲花闹三棒鼓到处跑
面子上还说是
去拜年

那时候
最想吃的是肥肉蛋炒饭
蛇和乌龟
这些个山珍海味嘛
倒是很安全

那时候
那时候很远了
想得起
够不着
心里难免有些酸

2020.11.5 7：59

开 春

闻　香
吮　甜
看那只点穴的葵花手
只两指
就唤醒了蓄满春水的田野

开春啰
犁田啰
插秧啰

天地间响起本年度最富煽动性
最具攻击性的语录

2020.12.6　10：30

金盆里长出一朵山茶花

金盆里长出一朵山茶花
十五十六岁羞答答
移栽到赤岗养三年
矜持的花骨朵少说话

本想约你到灯盏坡
坡下有个地名叫陆家
话到嘴边没好意思往下讲
只怪我嘴笨人又傻

百步蹬山高风景好
山坡上朝阳好种茶
想问你茶种贵不贵
红茶绿茶报个价
茶籽金贵挑土壤
我选东选西最后选中大雁洼

你还是扭身没接我的话
流花湖流着泪放了假
那些个宿舍都不好进
我知难而退望中大
从此我家没有种山茶
孩子也没有叫艳儿的妈

种茶摘茶与喝茶

哪一道工序能让我忘了她

2020.11.19　20：41

为解说中的天使素描

弹琴的手
多像室外吐翠的叶片
语言的花朵
让唇瓣日夜留香

芬芳就这样没有节制地铺开
有幸传染的天山
打心眼地绿了
潮水般温馨地弥漫

绿了的心一路打马走过花园
走过梦想吐蕊的季节
那条通向天堂的道路
无数花草虫儿
欢聚的森林
就在眼前

我就是那只你放飞的鸟
日夜渴望着冉回到你
蜜捏的唇边

天籁之音哟
天使的呼吸

源自我此生久违的小姨

2012.9.6

风 语

我认识那些风
那些从遥远的西北
沾染了佛光梵语的风
那些悄悄说出心愿的柳絮
那双默默成为知音的手
我认识
是千年前雪莲的呼吸
是前世连理地对视与守望
今天　情不自禁的你与白云一起
相约南下

走了很远的路
一路的执着是那样的艰辛和美好
沿途的花红柳绿
是心中永不褪色的经幡
风每吹动一次
就把我对你的思念与祝福
含泪朗诵一遍

犹如你在三尺讲台
面对纯洁的孩子
用天使的翅膀
轻轻吹拂

扇动这经年的深情

2012.9.5

一路向西

好想在生命中有你
好想在喜怒哀乐中刻上你的声音
好想在成功　婚姻　儿女中
留有你的故意

好想一转头
就能看到你的笑脸
感受到你的呼吸
一举手一投足
都为诠释两人共拟的命题

好想你就是那朵花
等在我经过的路上
不早不晚
正逢你含苞待放的花期
真的好想当一回葡萄架
让你的身心千年缠绕
生死不离

可惜呀可惜
天意弄人花开无意
偏偏那么迟才遇见你
花信是那么短那么弱那么远

只能靠越来越瘦的风苦苦传递
绽放的时候
一个最东南
一个北且西

五百年的祈祷
佛才安排一次邂逅
可擦肩的时候远隔三千里
用五百年的不甘心
换来的再次回眸
因为时差
竟又错过了整整两小时

为了能最终站在你的身边
我愿再花五百年
苦苦地

2012.9.10

为爱一阵风找理由

是荷叶扭腰的气息
是莲花点头的响声
一阵风
香甜的晚来风
打湘北而来

悠悠地吹
娓娓地流
不舍岭南青葱履痕
轻拂那点灵动的心

岁月问你在何方
我说风月在空中
文字将音符装扮成跳动的鼓点
骤然敲打在共鸣的深处

2020.4.16 19：48

采访天使

一眨眼
你已在窗外
蓝色的海风
吹羞长发飘飘的白裙
采访一下仙女你
下凡想去哪儿买房安家

其实你是一树
永远不会枯萎的绿叶
花开蝶至
你在告诉我们
爱情
是一粒可以悄悄泛滥的种子

2020.7.25

梦寐以求的监考

太想见一个人
想去那个地方
可实在找不到一个说服自己
也说服他人的理由
怎么也找不到
抓耳挠腮也没用

突然某天就有了
天上降下一个
把人砸傻的好消息
期末考试
这个过去让人讨厌
让人紧张让人严阵以待
今天却让人爱得不得了
想入非非的
期末考试
竟然这么识趣地美妙地来了
乖巧而且充满人情味

抽调不同学校的老师换位监考
我有幸位列其中
并且，还被联校安排到了温泉
安排到有你的地方

（恰好就是你的那个班级）
这样
堂而皇之 光明正大
与女神面对面的理由
有了
那是多么令人眼馋的事儿呀
我做梦都没敢梦到

得知信儿的当晚真没睡好
忙着在心里策划见面的剧本
把想说的话儿
（应该称作台词）
设计了好多种
练习了好多次

可真见着你了
却魂飞词散
就光只知道笑了
眼睛盯着你的手指
泡在洗衣盆里的葱指
怜由心生
（在想，自己要是那件衣服该有多好）

我猜想
你那时也并不急于洗那盆衣物
倒是盆里的水和衣服
一直努力地平复着我的慌乱

那是个充满情商的道具
让你我在教室外的走廊上
有一句没一句地说些
颠三倒四　言不由衷的语言

我走一圈又回到这里
待一会
再来一遍
怪只怪当时的考试科目实在太少
语文　数学
上下午各一科
为什么不多安排几门呢
或者
一天只考一门也好

觉得时间飞快的
不是考试的学生
而是监考的我

同我一道走路而去的叔叔
十年前早已亡故
当时他只知我兴奋莫名
并不知我为何一路雀跃
蹦跳着小曲不断
好想告知他
当年我开心的原因
可又找不到联系他的方式

想问你
当年你盆中的那件衣服呢
应该有些褪色了
我心疼它的坚持
再勇敢的布
也熬不过岁月这把刀

2020.11.8　11：15

想对儿子说的话

儿子
今天对你说几句有点早的话
我怕久了
会忘词不能表达完整

我想用一整座山
就选板板山吧
栽种樟木
用防虫驱蚊的它
为你打一套结婚的家具
包括书桌衣柜
还有卯榫包角的婚床

本来还想用另一面山坡
就是文伯湾
栽上几十上百株黄花梨
那种树金贵结实
比皇宫里的金丝楠木还好
可惜生长周期太长
我怕是等不到它成材的那一天了
因为你来咱们家有点晚
等我明白过来
想清楚这事时

已经太迟

幸好我原先买了几件红木
沙发　饭桌　五斗柜
还有方形的茶台
那可是老挝大红酸枝材质的
非常耐用而且高档
我决定将它传给你

我还想找家乡的老父亲
给他的孙子你留一块地
分一亩田
让你有空就回回故乡
跟在黄牛的屁股后头
犁地　耕田
播种　插秧
翻晒稻谷　黄豆
在灶前储藏好过冬的红薯
顺便摸点菜园
种几垄辣椒茄子
丰衣足食这个词
我也想一并送给你
希望你永远保持住勤劳的本色

如果有可能
还想再挖一口塘
方便你饮水或者游泳

养鱼喂虾

与青蛙对话

那是我们当地人的口音和技能

忘了真不好见人

你最好能把它刻在骨子里

2020.11.28 14：48

荔园春色

那是来自大唐的
傲人的风韵
那是一朵怒放的花蕾
豹纹出现，这些自然主义的草叶
藏不住欢呼雀跃的生命

那是我下辈子的粮食
是我倾尽全力预约的
新婚的吊床
是婚床上丰满　鲜嫩　湿润
如饥似渴的营养
不能告诉你她究竟有多美
《诗经》也唱不出我载歌载舞的萝岗

那是我岭南的邻家
是我建在岛国的城堡
拥一汪波涛汹涌的海水
是我甘愿深陷其中
不愿呼吸却能自由出入的陷阱
是陷阱里一束温柔并且坚强的
永远活着的光

是子子孙孙取之不尽旳土豆

是他们赖以生存的丘陵与山麓
是森林里生生不息的芳华
是苍翠的汁液里
灿若繁星的春梦

是我幸福的由来
是我出神的站台
是我活下去的信仰
是我们　即便耗尽此生也
写不完的散文和诗章

2020.7.9　23：06

附 录

亦抒情亦幽默
—— 读赵绪奎《九龙歌声》（组诗）有感

孙仁芳

晚饭时，看到军旅诗人赵绪奎采风回来的四首诗作，忍不住搁下筷子，放下鱼肉，对着孩子深情地朗诵一遍。

幽默风趣的组诗，诗人的文学才华即刻显现。我佩服赵绪奎的才情，在"520"参加文联"黄埔区美丽乡村建设"采风活动后，分别诗写洋田、埔心、莲塘、燕塘四村。能在短时间内高产组诗，且首首精华，思维逻辑清晰，幽默中透着刚强，诗中力量定是来自诗人多年的军旅生涯。

诗人联想丰富，情怀浪漫，引经据典，由洋田星箭广场里的火箭模型开始"失重"，想象成"一粒如天使般的种子，和银河的水说过话、同吴刚桂花酒猜过拳、嫦娥和玉兔暖过我的身子"。美丽的意象，高妙的境界，让诗意跃然纸上，甚至有了梦境。梦境虽然透露着白日梦的浓厚味道，却有着超现实的幽默风味，令人耳目一新，无法反驳。如同凝固在结尾的精华和主题——"是他们最舍不得外嫁的女儿"。

《埔心的绿萝》笔触灵动，"绿萝"是意象，又是"劳动者的手"，它可与家乡的"红薯"媲美，都是养人的植物，都能富足人们的生活。诗人敏锐地寻找到值得歌颂的角度，利用对比，勾起对家乡的回忆。诗人感情柔软细腻，抒情与伤感张弛有度，安之若素。"那吹弹可破、通灵剔透的叶片／翡翠样的心／是那一天里／最让我心生怜爱的小手"。这是双劳动的手，有老茧的、粗糙的手。养育着孩子，养育着"一家人"的手。在"手"这里，"绿萝"是具象也是最好的意象。在诗人眼中，是世间最美、最值得怜爱的手掌。精彩的想象，实在令人佩服。

在《相约莲塘》里，诗人让不同的时代握手言欢，想象力跨越时空，让不同的时代"和睦为邻"，甚至有共同的愿望，是"英雄所见略同"。一个"为儿孙选择风水选择未来"，一个"为自己选择昌盛的时代"。这是一首节奏感超强的诗。我仿佛看见诗人置身军旅，与文人墨客举杯畅饮，壮志豪言。诗的节奏铿锵有力，足让时空凝滞。诗人把最漫不经心的现实，用隔空的礼赞，饱含深情地抒发出来。远远地呈现出黄埔新时代的美丽壮阔，告诉古人，你为后代子孙，爬罗剔抉的风水宝地绝对无错！这豪言，不仅在云与山之间回响，也豁达地激荡在天地间。感官上令人获得一种天上掉馅饼砸中自己的诗意享受。

《倾听水塘讲述千年的往事》把朴实无华的燕塘写得让人眼前一亮，豁然开朗，好似步入了世外桃源。正当大家失语之际，赵绪奎呈现出诗家的练达和得意，拿巧妙圆熟的意境告诉大伙，可以直接从画面的角度去书写燕塘。且写得动感十足，画面生动调皮，有声有色，有"燕子在飞"，有"荷香"，有"书声"，甚至可以"和着锅碗瓢盆/深情地鸡犬桑麻"，一派盛世繁华。

诗人诗叙事直截了当，加之天性幽默、具有偏好思辨的趣味。他的诗没有故作玄乎，读来令人欣快。诗以言志，可以从赵绪奎的诗中，思索志向、文风、个性。我很是喜欢这种多少带点幽默感的作品，不需要讨喜，没有过多迂回，读来又亮度十足，让人相当敬重。诗的思考，最能体现一个人的胸中丘壑。诗人的军旅生涯，足已令诗中所呈现的思想，在幽默与壮志间自由穿梭，不仅显示文人的纯粹、风格、魅力，更能抵达高尚的精神境界。

读赵绪奎的诗，你会一边看，一边笑，时不时为他的顽皮摇头，又忍不住点头。每个人在被文字打动的瞬间，其实就是文字所呈现出来的情感和自己的体验有微妙的时刻重叠，这似曾相识又十分新鲜的感觉，令人仿若抛却现实的柴米油盐，回到读书用功的时代。

素描老科长

欧阳春同志是我的领导，先后当过我的股长、科长，领导指引了我四年。自1990年分别后，他先后任过军分区政治部副主任、人武部政委、人民银行中心支行的各种职务，官至副局级，可我还是习惯称他老科长（别人大都叫他欧阳），一是顺口，二是贴心，三是亲切。其中既有对美好过去的回味，又有对他多年来的关怀的一种感恩。改不了，也不打算改。

老科长出书，一多半还是源自我的怂恿和勾引，另一半便是他的确有料。他是一个多年勤奋不辍、笔耕不已的人，且颇为有心，一路走来，但凡是有用的花花草草，他都从不遗漏，妥为收藏。说他是个百宝箱或是博物馆，一点也不为过。在我们的一帮人等中，他资格最老、级别也最高，料水和才华均属上乘。许多小字辈都一本接一本地出书，我们都替他坐不住，便鼓捣他也雅上一次。不曾想，不消一个月，他便真地集上了厚厚一本，且全都是各个时期各个岗位上的心血之作．这些作品大多见诸报刊杂志，令我们钦佩和感慨不已。

我在科长手下工作了整整四年，并且还是他亲自把我这个一线阵地的军医直接从连队调到团机关，在宣传股分管文化、新闻，主要负责剑麻诗社和主编剑麻诗刊，也就是占公家的编制干自己喜欢的文学创作，那是我人生中最幸福、最充满激情、创作最活跃、生活积淀也最多的两年，在这两年里，我随团政委王伟和政治处戴胜国主任跑遍了全团的一线阵地哨所，火热的边防生活给了我不绝的创作源泉；在这两年里，我有幸参与了全团所有大型的活动和会务接待工作，成为全团机关最忙最红、最受团领导重用和欣赏的干事。只要评功评奖，一定少不了我．我知道，其中除了我自身的努力外，更多的还是老科长（当时还是宣传股长）的栽培和鼓励。他给了我展现自己才华的舞台和机会。

由于工作出色，股长进步成科长了。他到了师里没几天，又把我带到了师宣传科，继续跟着他战斗。科长原是组织股干事，政治机关各个部门都很熟悉。材料更是多面手、快枪手，写的东西用现在的话来说也就是高端大气上档次。这样一来，可就苦了我们这帮手下，师里的所有材料基本又落在了他，也就是宣传科的肩上，我们只好成天跟着他爬格子。不过还好，他是个好领导，有分工有合作，目标任务明确，要点提纲具体。在众多的加班中，我们的文字功夫得到了锤炼，综合素质也有了长足进步。其实，欧科长有时也是个甩手掌柜，他会交给你一项工作，限时 7 天完成，他 6 天不带过问，期间还会请你喝酒聊天，打牌娱乐，直到第 7 天才找你要东西。他是个张弛有度，给你极大自由和空间的领导。这点，深受我们这些手下尊重和喜爱。因此，即使他给了我不少空余的弹性时间，我们也不会丝毫马虎，总想着在规定的时间能开靓花结好果，因为那一份信任来之不易。

在培养和锻炼我们的同时，他也没忘了淬炼自己．现在面前摊开的欧科长这本《梦的跋涉》，完全就是一幅跋涉者执着寻梦的行程图。

通过这张寻梦图，我们毫不费力地看到了，在热情追踪时代变迁过程中，作者的强烈的社会责任感，敏锐的生活感受力，深邃的思想穿透力。欧阳科长几十年如一日，以热诚的胸怀拥抱生活，采撷潮头的晶莹浪花，满怀激情地催发新事物的萌芽，为这片土地上的英雄的战士和无名的英雄立传，将那些可歌可泣的故事或是平凡中见伟大的小事记录下来，以求更充分、更准确、更深入地反映生活，更有力地讴歌时代，讴歌与时代同行的人和自己。

　　脚踏实地地走，赏心悦目地看，触类旁通地思考，这不仅仅是他的一种习惯，更是一种能力。正是因为这份执着，他才能在危险和繁复的岁月中，保持一份难得的平静与达观，才能从容应对人世间一切未知的欢乐和不如意。透过他的作品，你会发现，窗外的风光正好，这世界活色生香。

　　通过这张寻梦图，我们感受到氤氲而生的地气，就如鲁迅写浙江绍兴，沈从文写湘西，莫言写高密，贾平凹写商州，陈忠实写陕北，刘震云写河南、毕淑敏写西藏阿里、李娟写新疆阿勒泰……欧阳科长笔下艰苦的边防和多彩的银行，让我们耳目一新。写自己身边人和熟悉的生活，这种接地气的创作思路和创作模式，不仅源自单纯的感恩之情，更多的是脚下踩着的这片土地时刻孕育着爱恨，浸泡着心灵和灵魂，交织着一个又一个平凡和精彩的人生。因为他熟悉，所以他撰写；因为他热爱，所以他传颂；因为太值得，所以他坚持。文章不是无情物，只有爱之深，才能陈之切。那个执着追寻的梦，也因此才愈渐明晰，触手可及。

　　通过这张寻梦图，我们还感受到了欧阳科长对部队、对单位、对家庭无以复加的爱。我最大的感慨，就是书中少了无病呻吟的做作，多了生活的温暖，具有直指人心的力量，也凸显出他善于寻找共鸣点的技巧。

《情系庭毫山》剑麻诗卷首语

　　这是 20 世纪 80 年代在全国产生广泛影响的战地诗——"剑麻诗"的一次作品集中展览，亦是一群在"十三团"与靖西这片热血浸透的土地上讴歌、奉献的战地诗人们整体实力的全面展示，更是一次庭毫山人那种像剑麻一样永远乐观向上、视死如归的牺牲精神的回顾与弘扬。64 位作者中，有师长、团长、团政委、政治处主任，有司、政、后机关的参谋、干事、助理员，有基层连队的连长、指导员、排长、志愿兵、班长、战士。可以说，诗人分布在全团各个阵地哨所的每个角落，成长于全团官兵的各色人群。

　　时隔二十年之后，我们将其中 257 首依然充满无限生命力、读来让人热血沸腾的诗作结集的时候，心中升腾的依然是无比的感动与自豪。这些当年在全国、省市、地区级报刊、杂志或电台发表、播放的诗作，以及这群诗人当中几位至今仍在执着耕耘、且在全国诗坛颇有影响的歌者近年来的呕心沥血之作，让我们充分触摸到了十三团永恒的脉动，感受到了庭毫山作为诗人摇篮的伟大与不朽！

　　还有什么能比手中的诗集让我们更加贴近战场的硝烟和生命的本真？还有什么能比作为诗人更让我们永远年轻和不可战胜？

（本卷执行编辑　赵绪奎　2012.7.9）

《华峰传说》诞生记

阳春之月，春暖花开。坐落在华圣公园里的华峰寺，那阵阵紧锣密鼓的重建声中，出现了一道展现佛祖慈善博爱、普度众生、法力无边的佛光。

我，我们，在区委区政府领导的花名册中列队，在宣传统战部的号角声中出征，为萝岗的文化挥笔，为佛祖的足迹描红。区文联作为这一光荣而艰巨任务的承担者，义不容辞，无上光荣。弘扬佛法、传承文明、打造福祉、佑我新区，实乃大善大德之业，积善积德之举。为大众谋事，悦目；为菩萨镀身，赏心。

于是有了这样一群人，既热心又勤奋，富有文学功底，饱览历史素材，熟悉风土人情的一群土生土长的老萝岗人和一些赶潮追风的新萝岗人，满怀激情地走到了一起。我们多次到华峰寺建设现场采风，与释贤竹、释成心大法师坐禅论道；在图书馆里阅览室中互联网上查阅历史典籍，从辖区老者口中收集记录传说故事。既尊重历史文化，又不拘一格地发挥丰富的想象力，动用高超的塑造本领勤奋笔耕。为了加快创作进度，掌握写作信息，交流创作经验，启发灵感，鞭策鼓舞大家笔耕的激情，区文联每月举办次雅集，专门讨论和验收创作成果。一个个栩栩如生、生动传神的故事传说跃然纸上，一篇篇情景交融、感人肺腑的散文随笔应运而生，一首首五言七律、楹联诗赋字字珠玑。写到了，读到了，心到了，悟到了，相信《华峰传说》也定会说，我做到了。

能为区里的重点工程——华峰寺和华圣公园相关的文化建设添砖加瓦，是我们的荣幸；能为佛祖的佛光增加辐射的广度和宽度，是我们的心愿。相信，我们的努力已然至善至美，我们的目标定能实现。因为站在美轮美奂的华圣公园中的我们，是那么地意醉神迷、容光焕发！

2012 年 12 月

贺　辞

　　——给丫丫文学社

　　化峒是一片沃土。

　　这里出剑麻，也出丫丫。

　　丫丫是一种突破。突破冻土层，突破自身的懦弱，以几片嫩唇向文坛说全新的语言。作为先一步抽枝的剑麻，为自己身边出现同行而愉悦。相互鼓励，互相竞争，是生存的前提，而阳光是充足的，没有人怀疑自己的姓名将同年龄一起长大。剑麻如此，丫丫也如此。

　　生长是一个痛苦的过程，因而更需要外界的温暖和营养。如果文字能冒充生长素的话，我们愿意重复多次。然贺辞的出处也属贫瘠，故只能共勉。

　　丫丫的身后是森林，而且是彩色林莽！

54262 部队剑麻诗社社长　赵绪奎

1988 年 1 月 24 日

后 记

当我面对这一百多首归拢集合在一起的诗稿时，感慨万千。既有对近二十年搁笔浑噩的惭愧，又有庆幸拾笔重操旧业的欣喜。这时，我才真正体悟到：人，真的是要有那么一点点压力，只有在重压之下，你才能被激发出连自己都惊叹的能量！

如此，我心中便充盈满满的谢意，请允许我一一列举。

首先要感谢黄埔区文联庄汉山主席的抬爱，在我临近退休的时刻，将我列入香雪文学丛书第三季的作者名单；感谢文联各位同事的鼓舞和支持；同时也感谢庄主席带领文联和作协举办的大量活动项目和创作工程，我作为作协的联系人和它的一分子，在活动及采风创作中，被动参加和被动受领任务，以及偶尔主动想率先垂范、多交点作业的心态，让我在近一两年的时间中，陆陆续续挤出了不少牙膏，发出了一阵阵口吃的声音。

再就是感谢我的家人、我的兄弟姐妹，是他们一直以来不那么嫌弃我的草稿，在我的句子下面不厌其烦地点赞。尤其是我的太太魏平、我的儿子瑞来，时不时地表扬表扬我枯燥乏味的文字。

特别是要感谢我人生的际遇，感谢与我一道同过窗、扛过枪、共过事的同学、战友、同事；感谢我走过的地方、战斗过的阵地、工作过的岗位、经历过的事件，让我的阅历不至于简单肤浅，使我的情感不至于显得单调无趣。此刻我的眼前，老是晃动着一个影子：没长大的资深农民，水利工地上打炮眼儿的钢钎手，高中毕业班的数学代课老师，小学班主任的民办教师，能攻善守英雄营的四零火箭筒手，军电影队的放映员，军校医学生，边防一线连队的军医，剑麻诗社社长和剑麻诗刊主编，边防部队的师团宣传干事（边防一线连代职副政指），大军区文化部（宣传部）的连、营、团职文艺、文化、体育干事（炮师炮团连队代职政指），人武部政委，区文联调研员。这个瘦弱的身影，咬着牙一步一个脚印，总算执着地跟在了队伍的尾部。

最后，我要感谢各位评论家拨冗为我赐序，江冰院长、王国省主席、龙其林和许峰两位教授，诸位的美言让我既惊喜又惶恐，让我还能在飘飘然之后，生出不少雄心壮志！也要感谢孙仁芳文友为我的一组小诗写的评语。大家的鼓励，就是我不断前行的勇气和动力！

感谢长江出版传媒集团的戴建国老师、张云芳主任，是你们让我的这本小册子体面地结集付梓，能与大伙相见相知！并且，让我在此时找到致谢亲友的端口！

赵绪奎
2021 年 9 月 9 日

图书在版编目（CIP）数据

久未谋面 / 赵绪奎著． -- 武汉 ：崇文书局，
2021.12
　（香雪文学系列丛书）
　ISBN 978-7-5403-6577-6

　Ⅰ．①久… Ⅱ．①赵… Ⅲ．①诗集－中国－当代
Ⅳ．① I227

中国版本图书馆 CIP 数据核字（2021）第 275120 号

特约编辑：戴建国
责任编辑：袁　翔
责任校对：董　颖
责任印制：李佳超

久未谋面
JIU WEI MOU MIAN

出版发行：　长江出版传媒｜崇 文 书 局
地　　址：武汉市雄楚大街 268 号 C 座 11 层
电　　话：(027)87677133　邮政编码　430070
印　　刷：武汉市楚风印刷有限公司
开　　本：880mm×1230mm　1/32
印　　张：8.25
字　　数：165 千字
版　　次：2021 年 12 月第 1 版
印　　次：2021 年 12 月第 1 次印刷
定　　价：43.00 元

（如发现印装质量问题，影响阅读，由本社负责调换）